文学常识丛书

奇谋韬略

翟民　主编

黄河出版传媒集团
阳光出版社

图书在版编目（CIP）数据

奇谋韬略 / 翟民主编. —— 银川：阳光出版社，
2016.6（2020.12重印）
（文学常识丛书）
ISBN 978-7-5525-2723-0

Ⅰ.①奇… Ⅱ.①翟… Ⅲ.①古典散文 – 文学欣赏 –
中国 – 青少年读物 Ⅳ.①I207.62–49

中国版本图书馆CIP数据核字(2016)第158103号

文学常识丛书　奇谋韬略　　　　　　　　翟民　主编

责任编辑	贾　莉
封面设计	民谐文化
责任印制	岳建宁

黄河出版传媒集团　阳光出版社　出版发行

出 版 人	薛文斌
地　址	宁夏银川市北京东路139号出版大厦（750001）
网　址	http://www.ygchbs.com
网上书店	http://www.shop129132959.taobao.com
电子信箱	yangguangchubanshe@163.com
邮购电话	0951-5047283
经　销	全国新华书店
印刷装订	河北燕龙印刷有限公司
印刷委托书号	（宁）0019158

开　本	710 mm×1000 mm　1/16
印　张	9.5
字　数	114千字
版　次	2016年11月第1版
印　次	2021年1月第2次印刷
书　号	ISBN 978-7-5525-2723-0
定　价	28.50元

前　言

　　源远流长的中华五千年文化,滋养着生生不息的中华民族。那些饱含圣贤宗师心血的诗歌、散文,历经了发展和不断地丰富,融入了中华民族的血脉,铸就了中华民族的脊梁,毋庸置疑地成为宝贵的文化遗产、永恒的精神食粮、灿烂的智慧结晶。然而受课时篇幅所限,能够收入到中小学教科书的经典作品必定是极少数。为此,我们精心编辑了这一套集古代经典诗歌分类赏析、古代经典散文分类赏析为一体的《文学常识丛书》。

　　本套丛书包括:古代经典诗歌分类赏析共十册——《诗中水》《诗中情》《诗中花》《诗中鸟》《诗中雨》《诗中雪》《诗中山》《诗中日》《诗中月》《诗中酒》;古代经典散文分类赏析共十册——《物华风清》《人和政通》《诙谐闲趣》《情规义劝》《谈古喻今》《修身养性》《奇谋韬略》《群雄争锋》《逝者如斯》《天下为公》。

　　读古诗,我们会发现诗人都有这样一个特征——托物言志。如用“大鹏展翅”“泰山绝顶”来抒发自己对远大抱负的追求,用“梅兰竹菊”“苍松劲柏”来表达自己对崇高品格的追慕;用“青鸟红豆”“鸿雁传书”寄托相思,用“阳关柳色”“长亭古道”排解离愁,用“浮云”来感慨人生无常、天涯漂泊,用“流水”来喟叹时光易逝、岁月更替,用“子规”反映哀怨,用“明月”象征思念……总之,对这些本没有思想感情的自然物,古代诗人赋予它们以独特的寓意,使之成为古诗中绚丽多彩的意象。正是这些意象为古诗增添了无穷的魅力。

　　古典散文同样也散发着艺术的光辉,但更引人瞩目的是它所蕴含的思想精华，或纵论古今，或志异传奇，或微言大义，或以小见大，读后不禁让我们对古人睿智的思想和优美的文笔赞叹不已。

希望能通过这套丛书，使广大中学生对祖国光辉灿烂的文化遗产有一个更深刻的认识。

编者

目　录

作品简介

《左传》是中国古代一部编年体的历史著作。《左传》全称《春秋左氏传》，原名《左氏春秋》，汉朝时又名《春秋左氏》《左氏》。汉朝以后才多称《左传》。它与《公羊传》《谷梁传》合称"春秋三传"。

《左传》相传是春秋末期的史官左丘明所著。它主要记录了周王室衰微、诸侯争霸的历史，对各类礼仪规范、典章制度、社会风俗、民族关系、道德观念、天文地理、历法时令、古代文献、神话传说、歌谣言语均有记述和评论。

《左传》代表了先秦史学的最高成就，是研究先秦历史和春秋时期历史的重要文献，对后世的史学产生了很大影响，特别是对确立编年体史书的地位起了很大作用。而且由于它具有强烈的儒家思想倾向，强调等级秩序与宗法伦理，重视长幼尊卑之别，同时表现出"民本"思想，因此也是研究先秦儒家思想的重要历史资料。它是一部继《尚书》《春秋》之后，开《史记》《汉书》之先河的重要典籍。

1

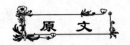
曹刿论战

　　十年春，齐师伐我①。公②将战。曹刿③请见。其乡④人曰："肉食者⑤谋之，又何间⑥焉?"刿曰："肉食者鄙⑦，未能远谋。"乃入见。问："何以战?"公曰："衣食所安，弗敢专⑧也，必以分人。"对曰："小惠未徧，民弗从也。"公曰："牺牲⑨玉帛，弗敢加⑩也，必以信⑪。"对曰："小信未孚⑫，神弗福也。"公曰："小大之狱⑬，虽不能察，必以情⑭。"对曰："忠之属也。可以一战。战则请从。"

　　公与之乘⑮。战于长勺。公将鼓⑯之。刿曰："未可。"齐人三鼓。刿曰："可矣。"齐师败绩⑰。公将驰之。刿曰："未可。"下视其辙⑱，登轼⑲而望之，曰："可矣。"遂逐齐师。

　　既克，公问其故。对曰："夫战，勇气也。一鼓作气，再⑳而衰，三而竭。彼竭我盈，故克之，夫大国，难测也，惧有伏焉。吾视其辙乱，望其旗靡㉑，故逐之。"

文学常识丛书

　　①我：指鲁国。作者站在鲁国立场记事，所以书中"我"即指鲁国。

　　②公：指鲁庄公。

　　③曹刿(guì)：鲁国大夫。

　　④乡：春秋时一万二千五百户为一乡。

⑤肉食者：指做大官的人。当时大夫以上的官每天可以吃肉。

⑥间(jiàn)：参与。

⑦鄙：鄙陋，指见识短浅。

⑧专：专有，独占。

⑨牺牲：祭礼时用的牲畜，如牛、羊、猪。

⑩加：夸大。

⑪信：真实，诚实。

⑫孚：信任。

⑬狱：诉讼案件。

⑭情：情理。

⑮乘：坐战车。

⑯鼓：击鼓进军。

⑰败绩：大败。

⑱辙：车轮经过留下的印迹。

⑲轼：车前供乘者扶手的横木。

⑳再：第二次。

㉑靡：倒下。

译　文

鲁庄公十年春天，齐国军队攻打鲁国。鲁庄公准备应战。曹刿请求拜见。他的同乡说："做大官的人会谋划这件事，你又为什么要参与呢？"曹刿说："做大官的人目光短浅，缺少见识，不能深谋远虑。"于是上朝去拜见鲁庄公。曹刿问："您凭什么应战呢？"庄公说："衣服、食品这些养生的东西，我不敢独自专有，一定拿它来分给一些臣子。"曹刿回答说："小恩小惠没有遍及于老百姓,老百姓是不会听从的。"庄公说:"用来祭祀的牛、羊、猪、玉器和丝织品,我不敢夸大,一定要忠实诚信。"曹刿回答说:"这点儿小诚意,不能被神信任,神不会赐福的。"庄公说:"轻重不同的案件,我虽然不能一一明察详审,也一定要处理得合乎情理。"曹刿回答说:"这是尽了本职的一类事情。可以凭借这个条件打一仗。要打仗,请允许我跟随着去。"

庄公同他共坐一辆战车。鲁国齐国的军队在长勺作战。庄公打算击鼓进军。曹刿说:"不行。"齐国军队敲了三次鼓。曹刿说:"可以进攻了。"齐国的军队大败。庄公准备驱车追去。曹刿说:"不行。"于是向下观察齐军车轮留下的痕迹,又登上车前的横木瞭望齐军,说:"可以了。"就追击齐国军队。

战胜了齐国军队后,庄公问这样做的原因。曹刿回答说:"作战是靠勇气的。第一次击鼓振作了勇气,第二次击鼓勇气低落,第三次击鼓勇气就消灭了。他们的勇气消失了,我军的勇气正旺盛,所以战胜了他们。大国,是不容易估计的,怕有伏兵在哪里。我看见他们的车轮痕迹混乱了,望见他们的旗帜倒下了,所以追击齐军。"

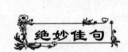

一鼓作气,再而衰,三而竭。

文学常识丛书

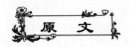

子鱼论战

楚人伐宋以救郑。宋公^①将战,大司马^②固谏曰:"天之弃商久矣,君将兴之,弗可赦也已。"弗听。及楚人战于泓^③。宋人既成列,楚人未既济^④。司马曰:"彼众我寡,及其未既济也,请击之。"公曰:"不可。"既济而未成列,又以告。公曰:"未可。"既陈^⑤而后击之,宋师败绩。公伤股^⑥,门官^⑦歼焉。

国人皆咎公。公曰:"君子不重^⑧伤,不禽二毛^⑨。古之为军也,不以阻隘也。寡人虽亡国之余^⑩,不鼓^⑪不成列。"子鱼曰:"君未知战。勍敌^⑫之人,隘^⑬而不列,天赞^⑭我也。阻而鼓之,不亦可乎?犹有惧焉。且今之勍者,皆吾敌也。虽及胡耇^⑮,获则取之,何有于二毛?明耻教战,求杀敌也。伤未及死,如何勿重?若爱重伤,则如勿伤;爱其二毛,则如服^⑯焉。三军^⑰以利用也,金鼓以声气^⑱也。利而用之,阻隘可也;声盛致志,鼓儳^⑲可也。"

①宋公:宋襄公,名兹父。

②大司马:主管国家军事的官。

③泓:泓水,在今河南省柘(zhè)城县西。

④济:渡过。

⑤陈:同"阵",这里作动词,即摆好阵势。

⑥股:大腿。

⑦门官:国君的卫士。

⑧重(chóng):再次。

⑨禽:通"擒"。二毛:头发斑白的人。

⑩寡人:国君自称。亡国之余:亡国者的后代。宋襄公是商朝的后代,商亡于周。

⑪鼓:击鼓(进军)。

⑫勍(qíng)敌:强敌。勍,强而有力。

⑬隘:这里作动词,处在险隘之地。

⑭赞:助。

⑮胡耇(gǒu):很老的人。

⑯服:屈服。

⑰三军:春秋时,诸侯大国有三军,即上军,中军,下军。这里泛指军队。

⑱金鼓:古时作战,击鼓进兵,鸣金收兵。金,金属响器。声气:振作士气。

⑲儳(chán):不整齐,此指不成阵势的军队。

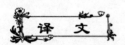

译文

楚军攻打宋国以援救郑国。宋襄公准备迎战,大司马子鱼劝阻说:"上天遗弃商朝已经很久了,您要振兴它,就是不可原谅的了。"宋襄公不听。宋襄公与楚军在泓水作战。宋军已摆好了阵势,楚军还没有全部渡过泓水。子鱼对宋襄公说:"对方人多而我们人少,趁着他们还没有全部渡过泓

文学常识丛书

水,请您下令进攻他们。"宋襄公说:"不行。"楚国的军队已经全部渡过泓水还没有摆好阵势,子鱼又建议宋襄公下令进攻。宋襄公还是回答说:"不行。"等楚军摆好了阵势以后,宋军才去进攻楚军,结果宋军大败。宋襄公大腿受了伤,他的护卫官也被杀死了。

宋国人都责备宋襄公。宋襄公说:"有道德的人在战斗中,只要敌人已经负伤就不再去杀伤他,也不俘虏头发斑白的敌人。古时候指挥战斗,是不凭借地势险要的。我虽然是已经亡了国的商朝的后代,却不去进攻没有摆好阵势的敌人。"子鱼说:"您不懂得作战的道理。强大的敌人因地形不利而没有摆好阵势,那是上天在帮助我们。敌人在地形上受困而向他们发动进攻,不也可以吗?就这样还怕不能取胜呢。当前的具有很强战斗力的人,都是我们的敌人。即使是年纪很老的,能抓得到就该俘虏他,对于头发花白的人又有什么值得怜惜的呢?使士兵明白什么是耻辱来鼓舞斗志,奋勇作战,为的是消灭敌人。敌人受了伤,还没有死,为什么不能再去杀伤他们呢?不忍心再去杀伤他们,就等于没有杀伤他们;怜悯年纪老的敌人,就等于屈服于敌人。军队凭着有利的战机来进行战斗,鸣金击鼓是用来助长声势、鼓舞士气的。既然军队作战要抓住有利的战机,那么敌人处于困境时,正好可以利用。既然声势壮大,充分鼓舞起士兵斗志,那么,攻击未成列的敌人,当然是可以的。"

7

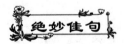

绝妙佳句

若爱重伤,则如勿伤;爱其二毛,则如服焉。

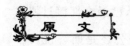

烛之武退秦师

九月甲午①，晋侯、秦伯②围郑，以其无礼于晋③，且贰于楚④也。晋军函陵⑤，秦军汜南⑥。

佚之狐言于郑伯⑦曰："国危矣！若使烛之武见秦君，师必退。"公从之。辞曰："臣之壮也，犹不如人；今老矣，无能为也已！"公曰："吾不能早用子，今急而求子，是寡人之过也。然郑亡，子亦有不利焉。"许之。

夜缒而出。见秦伯曰："秦晋围郑，郑既知亡矣。若亡郑而有益于君，敢以烦执事⑧。越国以鄙远⑨，君知其难也，焉用亡郑以陪⑩邻？邻之厚，君之薄也。若舍郑以为东道主⑪，行李⑫之往来，共其乏困⑬，君亦无所害。且君尝为晋君赐矣，许君焦、瑕⑭，朝济而夕设版焉，君之所知也。夫晋厌⑮之有？既东封⑯郑，又欲肆其西封；若不阙秦，将焉取之？阙秦以利晋，惟君图之！"秦伯说⑰，与郑人盟，使杞子、逢孙、扬孙⑱戍之，乃还。

子犯⑲请击之。公曰："不可！微⑳夫人之力不及此。因人之力而敝㉑之，不仁；失其所与㉒，不知；以乱易整，不武。吾其还也。"亦去之。

注 释

①甲午:古代用干支记日,具体日期已无考。

②晋侯、秦伯:晋文公和秦穆公。

③无礼于晋:晋文公未即位前,曾流亡到郑国,郑文公不以礼相待。

④贰于楚:对晋有二心而亲近楚。

⑤函陵:在今河南新郑县。

⑥氾(fàn)南:氾水南面,在今河南中牟县南。

⑦佚之狐:郑大夫。郑伯:郑文公。

⑧执事:办事人,借办事人代指秦君,是对君的敬称。

⑨越国:秦在晋西,秦到郑国,要越过晋国。鄙远:以距离远的郑国作为秦国的边境。鄙,边境,这里作动词用。

⑩陪:增加。

⑪东道主:东方路上的主人。

⑫行者:外交使者。

⑬共:同"供"。乏:指缺乏资粮。困:指困顿需要休息。

⑭焦、瑕:晋国城邑,在今河南陕县。

⑮厌:同"餍",满足。

⑯封:疆界,作动词用。

⑰说:同"悦",高兴。

⑱杞子、逢孙、扬孙:都是秦国大夫。

⑲子犯:晋国大夫。

⑳微:非。

㉑因:依靠。敝:伤害。

㉒所与:指同盟国。

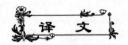

　　九月甲午日，晋侯和秦伯合兵围困郑国，因为郑伯曾经对待晋侯没有礼貌，并且怀有二心亲近楚国。晋国军队驻扎在函陵，秦国军队驻扎在氾水南面。

　　佚之狐对郑伯说：“国势危急了！倘若派烛之武去见秦君，秦兵一定退去。”郑伯听从了他的话。烛之武推辞道：“我在壮年时，尚且不及人；现在老了，不能做什么了！”郑伯说：“我不能及早重用您，现在碰到急难来求您，这是我的过错。然而郑国灭亡了，对您也有不利！”烛之武答应去。

　　当夜把烛之武用绳子从城墙上放下去。烛之武见到秦伯说：“秦晋合兵围困郑国，郑国已经知道要亡了！倘使灭掉郑国对您有好处，我怎么敢用这件事来烦劳您。越过晋国把远处的郑国作为秦国的边界，您知道它的困难；怎么能用灭掉郑国来加强邻国？邻国实力的加强，即您实力的削弱。倘使放弃进攻郑国，作为您东方路上的主人，您的外交使者的来往，郑国可以供给他们资粮馆舍，对您没什么害处。况且您曾经对晋惠公施恩了；晋惠公应允把焦、瑕两城给您，可是他早上渡过黄河，晚上就在那里构筑防御工事，这是您所知道的。晋国怎么会满足呢？已经要把郑国作为它东面的疆界，又要扩展它西面的疆界；倘使不来损害秦国，还会到哪儿去扩展呢？损害秦国来使晋国得到好处，只请您仔细考虑吧！”秦伯听了高兴，跟郑国人结盟，派杞子、逢孙、扬孙在郑国驻防，才回去。

　　子犯请求发兵攻打秦军。晋文公说：“不行！不是这个人的力量我到不了今天。依靠人家的力量反过来伤害人家，不仁慈；失掉了自己的同盟国，不明智；用战乱来改变出兵时的整肃，是不武。我还是应该回去。"也离开了郑国。

　　因人之力而敝之,不仁;失其所与,不知;以乱易整,不武。

奇谋韬略

11

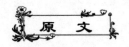
伍员谏许越平

　　吴王夫差败越于夫椒①，报檇李②也。遂入越。越子以甲楯五千保于会稽③，使大夫种因吴大宰嚭④以行成。吴子将许之。伍员曰："不可。臣闻之：'树德莫如滋，去疾莫如尽。'昔有过浇杀斟灌以伐斟鄩⑤，灭夏后相⑥。后缗方娠⑦，逃出自窦⑧，归于有仍⑨，生少康焉。为仍牧正⑩，惄浇能戒⑪之。浇使椒⑫求之，逃奔有虞⑬，为之庖正⑭，以除其害。虞思于是妻之以二姚⑮，而邑诸纶⑯。有田一成⑰，有众一旅⑱，能布其德而兆其谋⑲，以收夏众，抚其官职。使女艾⑳谋浇，使季杼诱豷㉑，遂灭过、戈，复禹之绩，祀夏配天，不失旧物㉒。今吴不如过，而越大于少康，或将丰之，不亦难乎？勾践能亲而务施，施不失人，亲不弃劳。与我同壤㉓，而世为仇雠。于是乎克而弗取，将又存之，违天而长寇仇，后虽悔之，不可食已。姬㉔之衰也，日可俟也。介在夷蛮而长寇仇，以是求伯，必不行矣。"弗听。退而告人曰："越十年生聚㉕，而十年教训㉖，二十年之外㉗，吴其为沼㉘乎！"三月，越及吴平。

　　①夫差：吴王阖庐的儿子。越：诸侯国名，姓姒，国都在会稽，即今浙江

绍兴。夫椒：越国地名，在今浙江绍兴北。

②檇(zuì)李：越国地名，在今浙江绍兴北。吴王阖庐在这里被越国打败，受伤而死。

③越子：越国国君勾践。甲楯：指全副武装的士兵。楯(dùn)，同"盾"。会稽：山名，在今浙江绍兴东南十二里。

④种：文种，越国的大夫，楚国人。嚭(pǐ)：伯嚭，伯州犁的孙子，吴国的太宰，楚国人。

⑤有过：古代的国名，在今山东掖县北。浇：有过国的国君。斟灌、斟郡(xún)：夏的同姓诸侯。

⑥夏后相：夏朝的国君，夏朝第五代君主。

⑦后缗：相的妻子。娠：怀孕。

⑧窦：洞，孔。

⑨有仍：古代诸侯国名，后缗的娘家，在今山东济宁。

⑩牧正：管理畜牧的官。

⑪恁(jì)：嫉恨。戒：提防。

⑫椒：浇的臣子。

⑬有虞：古代诸侯国名，姓姚，在今山西永济。

⑭庖正：管理膳食的官。

⑮二姚：指有虞国君虞思的两个女儿，虞是姚姓国，所以称二姚。

⑯邑诸纶：把纶邑封给他。纶，在今河南虞城东南。

⑰成：十平方里为一成。

⑱旅：五百里为一旅。

⑲兆：开始。

⑳女艾：少康的儿子。

㉑豷(yì)：浇的弟弟，戈国国君。

奇谋韬略

㉒旧物：指夏代原来的典章制度。

㉓同壤：同处一方，国土相连。

㉔姬：指吴国。吴国为姬姓国家。

㉕生聚：养育人民和积聚财富。

㉖教训：教育和训练。

㉗外：后。

㉘为沼：变为湖沼，意思是国家灭亡。

译文

　　吴王夫差在椒山打败了越军，报了槜李战役吴国战败之仇。接着，吴军进入了越国，越王勾践率领五千名全副武装的士兵退守到会稽山，并派大夫文种通过吴国太宰伯嚭去请求讲和。吴王夫差准备同意越国的请求。伍员说："不可答应。臣下听说：'树立德行不如越多越好，去除病痛不如越彻底越好。'从前有过国的国君浇杀了斟灌后又去攻打斟鄩，消灭了夏朝君主相。相的妻子后缗正怀着孕，从墙洞里逃出去，逃回娘家有仍国，在那里生下了少康。少康长大后当了有仍国的牧正，他嫉恨浇，又时刻提防着浇的迫害。浇派大臣椒去抓少康，少康逃到了有虞国，在那里当上了庖正，得以避开了浇的杀害。有虞的国君虞思这时把两个女儿嫁给少康为妻，并把纶邑封给了少康。少康有方圆十里的土地，有五百名士兵，能够广施德政，并开始谋划复兴国家，收罗夏朝的遗民，安抚属下的官员。少康派女艾去刺探浇的情况，派季杼去引诱浇的弟弟豷，结果灭掉了过国和戈国，复兴了夏禹业绩，祭祀夏朝的祖先并祀享天帝，恢复了从前的典章制度。现在是吴国比不上有过国的强大，而越国却比少康强大，如果越国再壮大起来，岂不是很难对付吗？越王勾践能够爱护人民，注意施行恩惠，施行恩惠不会失掉人心，爱护民众而不忘掉有功的人。越国同我们国土相连，又世世代代有冤仇。在我们战胜越国时不把它灭掉，却要保存它，这就违背了天意，助长了仇敌，日后即使后悔，也无法消除祸患。吴国的衰亡，已经为期不远了。吴国处在夷蛮之间又助长仇敌，想用这种办法去谋求霸权，必定行不通。"吴王夫差没有听从伍员的话。伍员退出来后对别人说："越国用十年的时间养育了人民和积聚财富，用十年的时间对人民进行教育和训练，二十年之后，吴国大概会变成荒凉的湖沼了！"三月，越国和吴国讲和了。

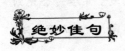

树德莫如滋，去疾莫如尽。

作者简介

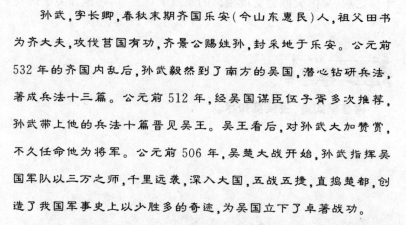

　　孙武，字长卿，春秋末期齐国乐安（今山东惠民）人，祖父田书为齐大夫，攻伐莒国有功，齐景公赐姓孙，封采地于乐安。公元前532年的齐国内乱后，孙武毅然到了南方的吴国，潜心钻研兵法，著成兵法十三篇。公元前512年，经吴国谋臣伍子胥多次推荐，孙武带上他的兵法十篇晋见吴王。吴王看后，对孙武大加赞赏，不久任命他为将军。公元前506年，吴楚大战开始，孙武指挥吴国军队以三万之师，千里远袭，深入大国，五战五捷，直捣楚都，创造了我国军事史上以少胜多的奇迹，为吴国立下了卓著战功。

　　孙武是我国古代伟大的军事家，也是世界著名的军事理论家。流传至今的《孙子兵法》是我国现存最早、最完整、最系统的兵书，北宋神宗时，它被列为《武经七书》之首。全书分为始计、作战、谋攻、军形、兵势、虚实、军争、九变、行军、地形、九地、火攻、用间十三篇。《孙子兵法》揭示了战争的规律，论述了战争论、治军论、制胜论等多方面的法则，具有朴素的唯物论和辩证法思想，被誉为"兵经""兵家鼻祖"。

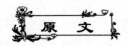

始 计 第 一

孙子曰：兵①者，国之大事，死生之地，存亡之道，不可不察也。

故经②之以五事③，校④之以计，而索其情：一曰道，二曰天，三曰地，四曰将，五曰法。道者，令民与上同意⑤也，故可以与之死，可以与之生，而不畏危。天者，阴阳⑥、寒暑、时制⑦也。地者，远近、险易、广狭、死生⑧也。将者，智、信、仁、勇、严也。法者，曲制⑨、官道⑩、主用⑪也。凡此五者，将莫不闻，知之者胜，不知者不胜。故校之以计，而索其情。曰：主孰有道？将孰有能？天地孰得？法令孰行？兵众孰强？士卒孰练？赏罚孰明？吾以此知胜负矣。

将听吾计，用之必胜，留之；将不听吾计，用之必败，去之。

计利以听⑫，乃为之势，以佐其外。势者，因利而制权也。兵者，诡道⑬也。故能而示之不能，用而示之不用，近而示之远，远而示之近。利而诱之，乱而取之，实而备之，强而避之，怒而挠⑭之，卑而骄之，佚而劳之，亲而离之。攻其无备，出其不意。此兵家之胜，不可先传也。

夫未战而庙算⑮胜者，得算多也；未战而庙算不胜者，得算少也。多算胜，少算不胜，而况于无算乎？吾以此观之，胜负

奇谋韬略

见⑯矣。

注　释

①兵：指兵器、军械、兵卒、军队等。此处指战争。

②经：分析，研究。

③五事：即下文的"道、天、地、将、法"五个方面的情况。

④校：比较。

⑤民与上同意：民众与国君统一意志。上，指国君。意，思想、志向。

⑥阴阳：指昼夜、阴晴等自然天象。

⑦时制：指季节更替。

⑧死生：指地形上的死地和生地。死地，泛指行动困难和没有生活资料的地区。生地，泛指便于行动和容易取得生活资料的地区。

⑨曲制：军队的组织、编制等制度。

⑩官道：各级将吏的职责区分、统辖管理等制度。

⑪主用：军备物资、军事费用的供应管理制度。

⑫听：听从，接受。

⑬诡道：指出奇制胜的诡诈行为。

⑭挠：扰乱，挫败。

⑮庙算：古代君主兴师命将时，必先在宗庙里举行仪式，并召开军事会议讨论作战计划，然后出师，称为庙算。庙，即宗庙。

⑯见：同"现"，呈现，显现。

孙子说：战争是国家的大事，它关系到百姓的生死，国家的存亡，不能不认真地考察和研究。

因此，要通过对敌我五个方面的情况进行分析比较，来探讨战争胜负的情形：一是政治，二是天时，三是地势，四是将领，五是制度。政治，就是要让民众和君主的意志一致，战时他们才会为君主去死，不存二心。天时，就是指昼夜、阴晴、寒暑、季节气候的变化。地势，就是指高陵洼地、路途远近、险隘平坦、进退方便等条件。将领，就是指挥者所具备的智慧、诚信、仁爱、勇猛、严明等素质。制度，就是军制、军法、军需的制定和管理。凡属这五个方面的情况，将领都不能不知。充分了解这些情况的就能取胜，相反就会作战失败。此外，还要通过比较双方的具体条件来探究战争胜负的情形，即双方君主哪一方施政清明？哪一方将帅更有才能？哪一方拥有更好的天时地利？哪一方军纪严明？哪一方兵力强大？哪一方士卒训练有素？哪一方赏罚分明？通过这些分析比较就能够判断谁胜谁负了。

若听从我的意见，用兵作战就会取胜，我就留下来；若是不从，打仗就会失败，我将会离开这里。

我的军事思想您认为能够接受，再从外交上造成大好形势作为辅助条件，就掌握了主动权。所谓态势，即是凭借有利的情况，以制定临机应变的策略。战争，本来是一种诡诈之术。所以，能战而示之软弱；要打，装作退却；要攻近处，装作攻击远处；要想远袭，又装作近攻；敌人贪利，就用小利引诱；敌人混乱就要攻取；敌人力量充实，就要防备；敌人兵强卒锐，就避其锋头；敌人气势汹汹，就设法扰乱它；敌人谦卑，就要娇纵它；敌人安逸，就要设法疲劳它；敌人内部和睦，就要离间它。总之,要在敌人没有防备处攻击,在敌人料想不到的时候采取行动。这是指挥家制胜的秘诀,不可预先讲明。

　　未战之前就能预料取胜的,是因为筹划周密,条件充分;未开战而估计取胜把握小,是具备取胜的条件少。条件充分的取胜就大,准备不充分的就会失败。何况一点条件也不具备的呢!我根据这些来观察战争,胜败也就清楚了。

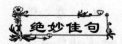

绝妙佳句

　　势者,因利而制权也。兵者,诡道也。

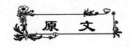

作战第二

孙子曰：凡用兵之法，驰车千驷①，革车②千乘，带甲③十万，千里馈粮④，则内外之费，宾客⑤之用，胶漆⑥之材民车甲之奉，日费千金，然后十万之师举矣。

其用战也胜，久则钝兵挫锐，攻城则力屈，久暴师则国用不足。夫钝兵挫锐⑦，屈力殚货⑧，则诸侯乘其弊而起，虽有智者，不能善其后矣。故兵闻拙速，未睹巧之久也。夫兵久而国利者，未之有也。故不尽知用兵之害者，则不能尽知用兵之利也。

善用兵者，役不再籍⑨，粮不三载，取用于国，因粮于敌，故军食可足也。

国之贫于师者远输，远输则百姓贫。近于师者贵卖，贵卖则百姓财竭，财竭则急于丘役⑩。力屈、财殚，中原⑪内虚于家。百姓之费，十去其七；公家之费，破车罢马⑫，甲胄矢弩⑬，戟楯蔽橹⑭，丘牛⑮大车，十去其六。

故智将务食于敌，食敌一钟⑯，当吾二十钟；蒠秆一石⑰，当吾二十石。

故杀敌者，怒也；取敌之利者，货也。故车战，得车十乘已上，赏其先得者，而更其旌旗，车杂而乘之，卒善而养之，是谓胜敌而益强。

21

故兵贵胜，不贵久。

故知兵之将，生民之司命⑱，国家安危之主也。

①驰车：车体轻便、行驶速度快的战车。驷(sì)：原指一车四马，这里指四匹马拉的战车。

②革车：即重车、守车、辎车。行军时装载辎重，宿营时可供卧息，作战时可用作营垒或障碍物。

③带甲：原指披盔带甲，这里指全副武装的士兵。

④馈(kuì)粮：运送粮草。馈，运送。

⑤宾客：各国诸侯的使节及游士。

⑥胶漆：古代制造甲胄、弓矢等不可缺少的原料之一。张预注曰："胶漆者，修饰器械之物也。"

⑦钝兵挫锐：兵器钝坏，锐气受挫。

⑧殚(dān)货：物资耗尽。殚，尽，耗竭。

⑨役不再籍：役，兵役。籍，名册，这里作动词，指征调。此句的意思是不再按名册继续征发兵役。

⑩丘役：指进行战争时，按丘征集人员和物资。？丘，是古代地方一级组织。

⑪中原：泛指国内。

⑫破车罢马：战车破损，马匹疲病。罢，同"疲"。

⑬甲：古代将士作战时护身的铠甲。胄(zhòu)：头盔。矢：箭。弩(nǔ)：用机械发矢的弓。

⑭戟(jǐ)：古代的一种兵器，是矛和戈的合体，兼备直刺、旁击、横钩的作

文学常识丛书

22

用。楯：同"盾"，古代用以抵挡敌人刀剑、矢石的防护器材。橹：大盾。战车上防风尘矢石的护板。

⑮丘牛：按丘征来的牛。

⑯钟：古代的容量单位，一钟六十四斗。

⑰萁(jì)：同"萁"，豆类的秆。秆(gǎn)：禾类的秆。石(dàn)：古代的重量单位。一石等于一百二十斤。

⑱民之司命：掌握人民生死命运的人。司命，古代传说中掌握生死的星宿。

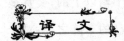

孙子说：按一般的作战常规，出动战车千乘，运输车千辆，军队十万，越地千里运送粮草，那么前后方的军需，宾客使节的招待费，胶漆器材的补充，车辆盔甲的供给等，每天都要耗资巨万。只有作好了准备，十万大军才能出动。

用此军队作战，要求速胜，旷日持久就会使军队疲惫，挫折锐气，攻城就会耗尽人力，久驻在外，会使国家财政发生困难。如果军队疲惫、锐气挫伤，战斗力下降，财力不足，那么诸侯国就会乘机举兵进攻，尽管有足智多谋的人，也难以收拾这种局面。所以在用兵上，虽笨拙的指挥官也要速战速决，没有见过讲究指挥工巧而追求旷日持久的现象。战争久拖不决而对国家有利的事情，自古至今，都未曾听说过。因此说，不能全面了解战争害处的人，也就不能真正懂得战争的有利之处。

善于用兵打仗的人，兵员不再次征调，粮饷不再三转运，武器装备在国内准备充足，粮草补给在敌国解决，这样，军队的军粮就能满足了。

国家由于兴兵而造成贫困的原因是长途运输。长途转运军需，百姓就会贫困。临近驻军的地方物价必然飞涨，物价飞涨就会使国家的财政枯竭。国家因财政枯竭就会加重赋役，军力衰弱、财政枯竭。国内百姓穷困潦倒，每家资财耗去了十分之七。政府的经费，亦因车辆的损耗、战马的疲惫，盔甲、箭弩、戟盾、矛橹的制作补充及丘牛大车的征用，而损失了十分之六。

所以，高明的指挥员务求在敌国内解决粮草供应问题。就地取食敌国一钟的粮食，等于自己从本国运出二十钟；夺取当地敌人饲草一石，相当于自己从本国运出二十石。

要使战士勇于杀敌，就要激励军队的士气；要使军队夺取敌人的军需物资，就必须用财物奖励。因此在车战时，凡缴获战车十辆以上的，奖赏最先夺得战车的士卒，换上我军的旗帜，将其混合编入自己的车阵之中；对于敌人的俘虏，要给予优待、抚慰和使用他们。这样就会战胜敌人而使自己日益强大。

所以，用兵贵在速战速决，不宜旷日持久。

深知用兵之法的将领，是民众命运的掌握者，是国家安危的主宰。

绝妙佳句

不尽知用兵之害者，则不能尽知用兵之利也。

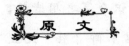
谋攻第三

孙子曰：凡用兵之法，全国为上，破国次之①；全军②为上，破军次之；全旅③为上，破旅次之；全卒④为上，破卒次之；全伍⑤为上，破伍次之。是故百战百胜，非善之善者也；不战而屈人之兵，善之善者也。

故上兵伐谋，其次伐交，其次伐兵，其下攻城。攻城之法为不得已。修橹轒辒⑥，具⑦器械，三月而后成，距闉⑧又三月而后已。将不胜其忿，而蚁附之，杀士卒三分之一，而城不拔⑨者，此攻之灾也。

故善用兵者，屈人之兵而非战也，拔人之城而非攻也，毁人之国而非久也，必以全争于天下，故兵不顿⑩而利可全，此谋攻之法也。

故用兵之法，十则围之，五则攻之，倍则分之，敌则能战之，少则能逃之，不若则能避之。故小敌之坚，大敌之擒也。

夫将者，国之辅也，辅周则国必强，辅隙则国必弱。

故君之所以患于军⑪者三：不知军之不可以进而谓之进，不知军之不可以退而谓之退，是谓縻⑫军；不知三军之事而同三军之政者，则军士惑矣；不知三军之权⑬而同三军之任，则军士疑矣。三军既惑且疑，则诸侯之难至矣，是谓乱军引胜。

故知胜^⑭有五：知可以战与不可以战者胜，识众寡之用者胜，上下同欲^⑮者胜，以虞^⑯待不虞者胜，将能而君不御者胜。此五者，知胜之道也。

故曰：知彼知己者，百战不殆^⑰；不知彼而知己，一胜一负；不知彼，不知己，每战必殆。

注　释

①全国为上，破国次之：未诉诸兵刃使敌举国屈服是上等用兵策略，经过交战攻破敌国使之降服是次一等用兵策略。曹操注："兴师深入长驱，距其城廓、绝其内外，敌举国来服为上；以兵击破，败而得之，其次也。"

②军：泛指军队，亦作为军队编制单位。一万二千五百人为军。

③旅：军队编制单位，五百人为旅。

④卒：古代兵制单位，一百人为卒。

⑤伍：古代最基本的兵制单位，五人为伍。

⑥轒辒(fén yūn)：古代攻城用的四轮车，用排木制作，外蒙生牛皮，可藏十余人。

⑦具：修置，准备。

⑧距闉(yīn)：为攻城而堆积的向敌城推进的土丘，堆积用来观察敌情，攻击守城之敌，既可于其上施放火器，又便于登城，是古代攻城必修之工事。闉，通"堙"。

⑨拔：攻克，攻取。

⑩兵不顿：兵刃不钝，兵锋未损。比喻战斗力未损，士气未挫。

⑪患于军：危害军队。患，作动词，为患、贻害。

⑫縻(mí)：羁绊，束缚。

⑬权：权变，权谋。

⑭知胜：预测胜利。

⑮同欲：即同心同德。欲，意愿。

⑯虞：准备。

⑰百战不殆(dài)：即每战必胜而无危险。殆，危险。

译文

孙子说：大凡用兵的原则，使敌人举国屈服，不战而降是上策，击破敌国就次一等；使敌全军降服是上策，打败敌人的军队就次一等；使敌人全旅降服是上策，击破敌人的旅就次一等；使敌人全卒降服是上策，打败敌人的卒就次一等；使敌人全伍投降是上策，击破敌人的伍就次一等。因此，百战百胜，不算是最好的用兵策略，只有不战而使敌屈服，才算是高明中最高明的。

所以上等的用兵策略是以谋取胜，其次是以外交手段挫敌，再次是出动军队攻敌取胜，最下策才是攻城。攻城为万不得已时才使用。制造攻城的蔽橹、轒辒，准备各种攻城器械，需要花费三个月的时间。构筑攻城的土山又要三个月。将帅控制不住忿怒的情绪，驱使士卒像蚂蚁一样去爬梯攻城，使士卒伤亡三分之一而不能攻克，这便是攻城所带来的危害。

因此，善于用兵的人，使敌人屈服而不是靠战争，攻取敌人的城池而不是靠硬攻，消灭敌国而不是靠久战，用完善的计策争胜于天下，兵力不至于折损，却可以获得全胜，这就是以谋攻敌的方法。

用兵的原则是：有十倍的兵力就包围敌人，五倍的兵力就进攻敌人，两倍的兵力就分割消灭敌人，有与敌相当的兵力则可以抗击，兵力少于敌人就要避免与其正面接触，兵力弱少就要撤退远地。所以弱小的军队顽固硬拼,就会变成强大敌军的俘虏。

将帅,是国家的辅佐,辅佐周密,国家就会强大;辅佐疏漏,未尽其职,国家必然衰弱。

国君对军队造成的危害有三种情况:不知道军队在什么条件下可战而使其出击,不了解军队在什么情况下可退而使其撤退,这就束缚了军队的手脚;不通详三军内务而插手三军的政事,就会使部队将士不知所从;不了解军中的权变之谋而参与军队的指挥,就会使将士们疑虑重重。军队既迷惑又疑虑,诸侯国军队乘机而进攻,灾难就降临到头上,这就是自乱其军而丧失了胜利。

预知取胜的因素有五点:懂得什么条件下可战或不可战,能取胜;懂得兵多兵少不同用法的,能取胜;全军上下一心的,能取胜;以有备之师待无备之师的,能取胜;将帅有才干而君主不从中干预的,能取胜。这五条,是预知胜利的道理。

所以说:了解对方也了解自己的,百战不败;不了解敌方而熟悉自己的,胜负各半;既不了解敌方,又不了解自己,每战必然失败。

文学常识丛书

知彼知己者,百战不殆;不知彼而知己,一胜一负;不知彼,不知己,每战必殆。

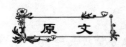

军形第四

孙子曰：昔之善战者，先为不可胜，以待敌之可胜。不可胜在己，可胜在敌。故善战者，能为不可胜，不能使敌之可胜。故曰：胜可知，而不可为。

不可胜者，守也；可胜者，攻也。守则不足，攻则有余。善守者，藏于九地①之下；善攻者，动于九天②之上，故能自保而全胜也。

见胜不过众人之所知，非善之善者也。战胜而天下曰善，非善之善者也。故举秋毫③不为多力，见日月不为明目，闻雷霆不为聪耳。古之所谓善战者，胜于易胜者也。故善战者之胜也，无智名，无勇功。故其战胜不忒④，不忒者，其所措⑤必胜，胜已败者也。故善战者，立于不败之地，而不失敌之败也。是故胜兵先胜而后求战，败兵先战而后求胜。善用兵者，修道而保法⑥，故能为胜败之政⑦。

兵法：一曰度⑧，二曰量⑨，三曰数⑩，四曰称⑪，五曰胜⑫。地生度，度生量，量生数，数生称，称生胜。故胜兵若以镒称铢⑬，败兵若以铢称镒。胜者之战民⑭也，若决积水于千仞⑮之溪者，形也。

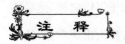

①九地：形容地的极深处。九是虚数，古人常用它来表示数的极点。

②九天：形容天的极高处。

③秋毫：鸟兽于秋天新长出的极纤细的毛，用以比喻分量极其轻微。

④不忒(tè)：没有失误，没有差错。忒，失误、差错。

⑤措：措置，措施。

⑥修道而保法：修道，即修明政治。保法，即确保法制。此句的意思为修明政治，确保法令制度的贯彻实行。

⑦政：同"正"，意思为主、主宰。

⑧度：计算，量度。这里指丈量土地的幅员。

⑨量：数量，容量。这里指计量物质资源。

⑩数：数目。这里指计算兵员多寡。

⑪称：比较，衡量。这里指对敌我双方力量强弱优劣的比较和权衡。

⑫胜：胜利。这里指通过敌我双方力量对比的优劣，看出胜利的可能性。

⑬以镒称铢：铢，古代计量单位，二十四铢为一两。镒，二十四两为一镒，合五百七十六铢。以镒称铢，比喻兵力轻重众寡之悬殊。

⑭战民：指统帅指挥部众参加作战。《尉缭子·战威》："夫将之所以战者，民也。"

⑮千仞(rèn)：形容山极高。仞，古代的长度单位，一仞为八尺(一说七尺)。

译文

　　孙子说：从前善于打仗的人，总是先创造条件使自己立于不败之地，然后捕捉战机战胜敌人。做到不可战胜，就会掌握战争的主动权；敌人出现空隙，就乘机击破它。因而，善于作战的人，能够创造不被敌人战胜的条件，不一定使敌人被我战胜。所以说：胜利可以预测，但不可强求。

若要不被敌人战胜，就先要做好防守工作；能战胜敌人，就要进攻。采取防守，是因为条件不充分；进攻敌人，是因为时机成熟。所以善于防御的人，隐蔽自己的军队如同深藏在地下；善于进攻的人，如同神兵自九天而降，攻敌措手不及。这样，既保全了自己，又能获得全面的胜利。

预见胜利不超过一般人的见识，不算高明中最高明的。打败敌人而普天下都说好，也不算是高明中最高明的。这就好像举起秋毫不算力大，看见太阳、月亮不算眼明，听见雷霆不算耳聪一样。古代善于作战的人，总是战胜容易战胜的敌人。因此，善于打仗的人打了胜仗，既没有卓越的智慧，也没有勇武的名声。他们进行战争的胜利不会有差错，之所以不会出现差错，是因为他们作战的措施建立在必胜的基础上，是战胜了在气势上已失败的敌人。善于作战的人，总是使自己立于不败之地，而不放过进攻敌人的机会。因此，胜利之师是先具备必胜的条件再去交战，失败之军总是先同敌人交战再去寻求从苦战中侥幸取胜。善于用兵的人，必须修明政治，确保法制，就能够主宰战争胜负的命运。

兵法上有五项原则：一是度，二是量，三是数，四是称，五是胜。度产生于土地的广狭，土地幅员广阔与否决定物资的多少，军赋的多寡决定兵员的数量，兵员的数量决定部队的战斗力，部队的战斗力决定胜负的优劣。所以胜利之师如同以镒对铢，是以强大的军事实力攻击弱小的敌人；而败军之师如同以铢对镒，是以弱小的军事实力对抗强大的敌方。高明的指挥员领兵作战，就像在万丈悬崖决开山涧的积水一样，这就是军事实力中的"形"。

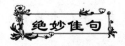

胜兵先胜而后求战，败兵先战而后求胜。

虚实第六

孙子曰:凡先处战地而待敌者佚[①],后处战地而趋战者劳[②]。故善战者,致[③]人而不致于人。能使敌人自至者,利之也;能使敌人不得至者,害之也。故敌佚能劳之,饱能饥之,安能动之。

出其所不趋,趋其所不意。行千里而不劳者,行于无人之地也。攻而必取者,攻其所不守也;守而必固者,守其所不攻也。故善攻者,敌不知其所守;善守者,敌不知其所攻。微乎微乎,至于无形;神乎神乎,至于无声,故能为敌之司命[④]。

进而不可御者,冲其虚也;退而不可追者,速而不可及也。故我欲战,敌虽高垒深沟,不得不与我战者,攻其所必救也;我不欲战,画地而守[⑤]之,敌不得与我战者,乖[⑥]其所之也。

故形人[⑦]而我无形,则我专[⑧]而敌分。我专为一,敌分为十,是以十攻其一也,则我众而敌寡。能以众击寡者,则吾之所与战者,约[⑨]矣。吾所与战之地不可知,不可知,则敌所备者多;敌所备者多,则吾所与战者,寡矣。故备前则后寡,备后则前寡,备左则右寡,备右则左寡,无所不备,则无所不寡。寡者,备人者也;众者,使人备己者也。

故知战之地,知战之日,则可千里而会战。不知战地,不知战日,则左不能救右,右不能救左,前不能救后,后不能救前,而况远者数十里，近者数里乎？以吾度之，越人之兵虽多，亦奚益⑩于胜哉？故曰：胜可为也。敌虽众，可使无斗。

故策之⑪而知得失之计，作之⑫而知动静之理，形之⑬而知死生之地，角之⑭而知有余不足之处。故形兵之极，至于无形；无形，则深间不能窥，智者不能谋。因形而错⑮胜于众，众不能知；人皆知我所胜之形，而莫知吾所以制胜之形；故其战胜不复⑯，而应形于无穷。

夫兵形象水，水之行，避高而趋下；兵之行，避实而击虚。水因地而制流，兵因敌而制胜。故兵无常势，水无常形；能因敌变化而取胜者，谓之神⑰。故五行无常胜⑱，四时无常位，日有短长⑲，月有死生⑳。

奇谋韬略

33

注　释

①先处战地而待敌者佚：在作战中，若能率先占据战地，就能使自己处于以逸待劳的主动地位。处，占据。佚，安逸、从容。

②后处战地而趋战者劳：在作战中，若后占据战地仓促应战，则疲劳被动。趋，通"促"，仓促。

③致：招致，引来，引申为调动。

④司命：主宰命运者。司，掌管、主管。

⑤画地：在地上画出界限。画地而守：即指不借助城池和其他野战工事进行防守，比喻防守极其容易。

⑥乖：违背，背离，此处引申为改变、调动。

⑦形人：使敌现形。形，显露。

⑧专：专一，这里指集中兵力。

⑨约：少，寡。

⑩奚（xī）：疑问词，何。益：补益，帮助。

⑪策之：根据客观情况对敌人的行动计划进行分析判断。策，策度、策算。

⑫作之：挑动敌人，使敌人按照我们的意愿做出反应。作，兴起，引申为挑动。

⑬形之：示形于敌。

⑭角之：与敌进行试探性接触，以观虚实。角，较量。

⑮错：通"措"，放置。

⑯战胜不复：用以战胜的谋略方法不重复出现。

⑰神：《易·系辞》："阴阳不测之谓神。"指事理微妙难知的意思。也形容非常高明。

⑱五行无常胜：五行，金、木、水、火、土。此句言五行相生相克变化无定数，如用兵策略奇妙莫测。

⑲日有短长：按农历冬至日最短，夏至日最长。

⑳月有死生：农历每月之末日为晦，"晦，月尽也"，即是说月死了。农历每月初一为朔，"朔，初也"，即是说月也生了。

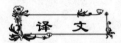

译　文

孙子说：凡先占据战场等待敌人的就主动、安逸，后到达战地而疾行奔赴应战就紧张、劳顿。因而，善于指挥作战的人，总是设法调动敌人而自己不为敌人所动。能使敌人主动上钩的，是设法利诱它；能使敌人不能到达预定地域的，是设法妨害它。敌人闲逸，就想方设法使它疲劳，敌人若饱食，就设法使它饥饿，敌人安稳，就使它疲于应付。

文学常识丛书

在敌人无法紧急救援的地方出击，在敌人意想不到的条件下进攻。行军千里而不劳顿，因为走的是没有敌人的地方。进攻一定能得手，是攻击敌人不设防的地方；防守必然能牢固，是防守着敌人不敢进攻或不能进攻的地方。所以善于进攻的，使敌人不知道如何防守；善于防守的人，使敌人不知向哪里进攻。微妙呀！微妙到看不到形迹；神奇呀！神奇到听不出声息，所以能掌握敌人的命运。

进攻而使敌人无法抵御的，是冲击它空虚的地方；后退而使敌人无法追到的，是迅速得使它来不及追赶。我军想要决战，敌人尽管在高垒深沟，却不得不同我军打仗，因为是进攻它必然要救援的地方；我军不想决战，虽然画地防守，敌人也无法来同我作战，是因为设法调动它，使它背离所要进攻的方向。

因此，要使敌人暴露原形却不让敌人察明我军的真相，这样我军的兵力就可以集中而敌人的兵力就不得不分散。我军兵力集中在一处，敌人兵力分散在十处，这就能用十倍于敌的兵力去攻击敌人，这样就会造成敌寡我众的有利态势。能做到以众击寡，同我军当面作战的敌人就有限了。我军所要进攻的地方必须使敌人不知道，不知道，它就必须在许多方面进行防备；敌人防备的方面多了，我军所进攻的那方面的敌人就少了。敌人防备了前面，后面的兵力就薄弱；防备了后面，前面的兵力就薄弱；防备了左边，右边的兵力就薄弱；防备了右边，左边的兵力就薄弱；处处防备，就整体薄弱。造成兵力薄弱的原因是处处设防，形成兵力集中的优势在于迫使敌人处处防备。

知道作战的地点，预知交战的时间，那么即使相距千里也可以同敌人交战。不能预知在什么地方打仗，在什么时间作战，那就左翼不能救右翼，右翼也不能救左翼，前面不能救后面，后面也不能救前面，何况军队远者相隔几十里，近者相隔几里的呢？据我分析，越国的军队虽多，又于胜利有何益呢？敌人虽多，可使它无法同我军较量。

分析研究双方的情况，可得知双方所处条件的优劣得失；挑动敌人，可了解敌人的活动规律；侦察一下情况，可知战地各处是否利于攻守进退；用小股兵力试探性进攻敌人，可以进一步了解敌人兵力虚实强弱。以假象迷惑敌人的用兵方法运用到微妙的地步，就不会露出行迹，使敌人无形可窥，那么，即使埋藏得很深的间谍也窥察不到我军底细，聪明的敌人也想不出对付我军的办法。根据敌情变化而灵活地运用战术，这就如同胜利摆在面前一样，不是平常人所能理解的。人们只知道我用来战胜敌人的方法，但是不知道我是怎样运用这些方法来出奇制胜的。因而，我取胜的谋略方法不重复，而是适应不同的情况，变化无穷。

用兵的规律好像水的流动，水的流动，是由于避开高处而流向低处；用兵的规律是避开实处而攻击虚处。水流是根据地形来走流向，用兵是根据情况来采取致胜方略。所以，战争无固定不变的态势，流水无固定不变的流向。能够根据敌情发展变化而采取灵活的措施取胜的人，才叫做用兵如神。五行相生相克没有哪一个固定常胜的，四时没有不更替的，白天有短有长，月亮也有晦有朔。

故五行无常胜，四时无常位，日有短长，月有死生。

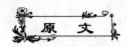

军争第七

孙子曰：凡用兵之法，将受命于君，合军聚众①，交和而舍②，莫难于军争③。军争之难者，以迂为直，以患为利。故迂其途，而诱之以利，后人发，先人至，此知迂直之计者也。

故军争为利，军争为危。举军④而争利，则不及；委军⑤而争利，则辎重捐⑥。是故卷甲而趋⑦，日夜不处⑧，倍道⑨兼行，百里而争利，则擒三将军⑩，劲者先，疲者后，其法十一而至；五十里而争利，则蹶⑪上将军，其法半至；三十里而争利，则三分之二至。是故军无辎重则亡，无粮食则亡，无委积⑫则亡。

故不知诸侯之谋者，不能豫交⑬；不知山林、险阻、沮泽⑭之形者，不能行军；不用乡导⑮者，不能得地利。故兵以诈立，以利动，以分合为变者也。故其疾如风，其徐如林，侵掠如火，不动如山，难知如阴，动如雷霆。掠乡分众，廓地分利，悬权而动⑯。先知迂直之计者胜，此军争之法也。

《军政》⑰曰："言不相闻，故为金鼓⑱；视不相见，故为旌旗。"夫金鼓旌旗者，所以一民之耳目也。民既专一，则勇者不得独进，怯者不得独退，此用众之法也。故夜战多金鼓，昼战多旌旗⑲，所以变人之耳目也。

故三军可夺气⑳，将军可夺心。是故朝气锐，昼气惰，暮气归。

故善用兵者，避其锐气，击其惰归，此治气者也。以治待乱，以静待哗，此治心㉑者也。以近待远，以佚待劳，以饱待饥，此治力㉒者也。无邀正正之旗，勿击堂堂之陈，此治变㉓者也。

故用兵之法，高陵勿向，背丘勿逆，佯㉔北勿从，锐卒勿攻，饵兵勿食，归师勿遏㉕，围师必阙㉖，穷寇勿迫。此用兵之法也。

注　释

①合军聚众：聚集民众，组编军队。

②交和而舍：交，接触，引申为相对。和，即和门，古时军队的营门。舍，止、宿。此句意思为两军对垒相处。

③莫难于军争：没有比两军相对争夺制胜条件更难的了。军争，两军争夺制胜的条件。

④举军：指携带全部装备辎重的部队。举，全、皆。

⑤委军：指不带装备辎重的轻装部队。委，弃置。

⑥捐：舍弃，抛弃。

⑦卷甲而趋：卷起铠甲，轻装快跑。卷，收、藏。

⑧处：止，此处指不得休息。

⑨倍道：行程加倍，即提高行军速度。

⑩三将军：春秋时，大国一般有上、中、下（或左、中、右）三个军。三将军，指统率这三个军的将领。

⑪蹶（jué）：挫折，失败。

⑫委积：指物资储备。

⑬豫交：参与外交。豫，通"与"，参与。

⑭沮泽：水草丛生的沼泽地。

⑮乡导：即向导，指熟悉该地区情况的带路人。

⑯悬权而动：权，秤锤，用以称物轻重。此句指权衡利害得失，而后决定行动。

⑰《军政》：古兵书，已失传。梅尧臣曰："军之旧典。"

⑱金鼓：古代军队指挥的通讯工具。金即金钲(zhēng)，鸣金示以收兵，击鼓示以进攻。

⑲旌(jīng)旗：旗帜的通称，也是古代军队指挥的通讯工具。

⑳气：指刚劲勇锐之士气。

㉑治心：从心理上制伏、战胜敌人。

㉒治力：从体力上制伏、战胜敌人。

㉓治变：以权变应付敌人。

㉔佯：假装，伪装。

㉕遏：阻拦，截击。

㉖阙：同"缺"，缺口。

39

译　文

孙子说：根据一般的战争规律，统帅受命于国君，聚集民众，组编军队，到前线与敌人对垒，在这过程中没有比争取先机之利更困难的。争取先机之利最为难办的是，把遥远的弯路变成直道，化不利条件为有利条件。采取迂回的途径，以小利引诱敌人，出发在敌人之后，却可以先敌人到达，这便是懂得变迁为直谋略的人。

所以军争有有利的一面，同时也有危险的一面。假如尽带全副装备和辎重去争利，那么就会行军迟缓；如果放下笨重的装备去争利，辎重就会损失。因此，假如卷起盔甲，轻装急进，昼夜不停，加倍行程赶路，走行百里去争利,那么三军的将帅都可能被俘,强壮的战士先到,疲弱的士卒掉队,其结果只会有十分之一的兵力赶到;走五十里去争利,上军的将领会受挫折,只有半数兵力赶到;走三十里去争利,只有三分之二的兵力赶到。因此,军队没有辎重就不能生存,没有粮食就不能生存,没有物资就不能取胜。

凡是不了解列国政治动向的,就不能预定外交方针;不熟悉山林、险阻、沼泽等兵要地理的,不能率军行进;不重用向导的,就不懂得地形的利益。用兵靠诡诈立威,依利益行动,把分散与集中作为变化手段。部队快速行动起来犹如疾风;舒缓行动时犹如森林,攻击敌人时犹如烈火,防御时像山岳,荫蔽时像阴天,发起进攻有如迅雷猛击。掠夺敌乡,应分兵进行;开拓疆土,要据守要地;衡量利害得失,然后相机行动。事先懂得以迂为直方法的就胜利,这是争取先制之利的原则。

《军政》上说:"作战中用语言指挥听不到,所以设置金鼓;用动作指挥看不见,所以设置旌旗。"金鼓、旌旗是统一全军行动的标志。战士的视听既然齐一,那么,勇猛的战士不得单独前进,怯懦的战士也不得单独后退,这就是指挥军队作战的方法。所以夜间作战多用金鼓,白天作战多用旌旗,这是为了适应人们的视听能力的缘故。

对于敌人的军队,可以使其士气衰竭;对于敌人的将领,可以使其决心动摇。初战时气锐,继战时气衰,战至后期,士气就消亡了。因而,善于用兵的人,总是避开敌人的锐气,攻击懈怠欲归的敌人,这是掌握军队士气的方法。用严整的部队对付混乱的敌军,用沉着冷静的部队对付浮躁喧乱的敌军,这就是从心理上制伏、战胜敌人的办法。用靠近战场的部队对付远途来奔的敌军,用休整良好的部队对付疲劳困顿的敌军,用饱食的部队对付饥饿的部队,这就是从体力上制伏、战胜敌人的办法。不要去拦击旗帜整齐部署周密的敌人,不要去攻击阵容堂皇、实力强大的敌人,这是以权变对付敌人的办法。

所以，用兵的原则是：不要去仰攻占据高地的敌人，不要去迎击背靠山丘的敌人，不可跟踪追赶假装败退的敌人、不要去进攻精锐的敌军，不要去吃掉充当诱饵的小部队，不要去遏止回撤的敌人，包围敌人要虚留缺口，敌军已陷入绝境，不可逼迫太甚。这些都是用兵的法则。

绝妙佳句

三军可夺气，将军可夺心。

行军第九

　　孙子曰：凡处军①、相敌②：绝③山依谷，视生处高④，战隆⑤无登，此处山之军也。绝水必远水；客绝水而来，勿迎之于水内，令半济而去之⑥，利；欲战者，无附于水而迎客；视生处高，无迎水流，此处水上之军也。绝斥泽⑦，惟亟去无留；若交军于斥泽之中，必依水草，而背众树，此处斥泽之军也。平陆处易，而右背高，前死后生⑧，此处平陆之军也。凡此四军之利⑨，黄帝之所以胜四帝⑩也。

　　凡军好高而恶⑪下，贵阳而贱阴，养生而处实⑫，军无百疾，是谓必胜。丘陵堤防，必处其阳，而右背之，此兵之利，地之助也。上雨，水沫至，欲涉者，待其定也。凡地有绝涧⑬、天井⑭、天牢⑮、天罗⑯、天陷⑰、天隙⑱，必亟去之，勿近也。吾远之，敌近之；吾迎之，敌背之。军旁有险阻、潢井⑲、葭苇⑳、山林、翳荟㉑者，必谨复索之，此伏奸之所处也。

　　敌近而静看，恃其险也；远而挑战者，欲人之进也，其所居易者，利也。众树动者，来也；众草多障者，疑也；鸟起者，伏㉒也；兽骇者，覆㉓也；尘高而锐者，车来也；卑而广者，徒㉔来也；散而条达者，樵采也；少而往来者，营军也；辞卑而益备者，进也；辞强而进驱者，退也；轻车㉕先出居其侧者，陈也；无约㉖而请和者，谋也；奔

走而陈兵者，期也；半进半退者，诱也；杖而立[27]者，饥也；汲[28]而先饮者，渴也；见利而不进者，劳也；鸟集者，虚也；夜呼者，恐也；军扰者，将不重也；旌旗动者，乱也；吏怒者，倦也；粟马肉食[29]，军无悬缻[30]不返其舍者，穷寇也；谆谆翕翕[31]，徐与人言者，失众也；数赏者，窘也；数罚者，困也；先暴而后畏其众者，不精之至也；来委谢[32]者，欲休息也。兵怒而相迎，久而不合[33]，又不相去，必谨察之。

兵非贵益多也，惟无武进，足以并力、料敌、取人[34]而已。夫惟无虑而易敌[35]者，必擒于人。

卒未亲附而罚之，则不服，不服则难用也。卒已亲附而罚不行，则不可用也。故令之以文[36]，齐之以武[37]，是谓必取。令素行[38]以教其民，则民服；令不素行以教其民，则民不服。令素行者，与众相得[39]也。

注释

①处军：处置，安顿。指在各种地形条件下，军队行军、战斗、驻扎的处置方法。

②相敌：观察判断敌情。

③绝：越过，横渡。

④视生处高：居高向阳。李筌注："向阳曰生，在山曰高。"

⑤隆：高地。

⑥令半济而击之：半济，正在渡水。此句意思是乘敌人尚未全部渡过河时进攻他们。

⑦斥泽:盐碱沼泽地区。

⑧前死后生:指地势前低后高。《淮南子·地形训》:"高者为生,下者为死。"

⑨四军之利:上述处山、处水、处斥泽、处平陆等四种处军原则的好处。

⑩黄帝:传说中上古时期黄河流域部落联盟首领,号轩辕氏。四帝:传说中上古时期四方氏族部落首领。

⑪恶(wù):厌恶。

⑫养生:指人马得以休养生息。处实:指择运输便利而物资供应丰实之地。

⑬绝涧:指溪谷深峻、水流其间的地形。

⑭天井:指四周高峻、中间低洼的地形。

⑮天牢:指高山环绕、易进难出的地形。

⑯天罗:指草深林密、难以出入地形。

⑰天陷:指地势低洼、道路泥泞、车马易陷的地形。

⑱天隙:指两山相向、涧道狭窄险恶的地形。

⑲潢(huáng)井:指低洼积水之地。

⑳葭(jiā)苇:即芦苇,这里指水草丛生之地。

㉑翳荟(yì huì):形容草木长得很茂盛。

㉒伏:指伏兵。

㉓覆:指敌军暗中掩袭。李筌注:"不意而至曰覆。"

㉔徒:即步兵。古代通称步兵为徒或徒卒。

㉕轻车:即战车,又称驰车、攻车。它车身轻便,行驶速度快,是古代车战的主角,与主要用来运送粮草和兵械的重车不一样。

㉖无约:没有预先约定。

㉗杖而立:倚仗兵器而站立。梅尧臣曰:"倚兵而立者,足见饥弊

之色。"

㉘汲(jí)：从低处打水。

㉙粟马肉食：以粮食喂马，杀牲口吃肉。

㉚瓴(fǒu)：瓦器。大腹小口，有盖，两边有环，用以盛酒，也可用来汲水。

㉛谆(zhūn)谆翕(xī)翕：曹操注："谆谆，语貌；翕翕，失志貌。"此句言士卒们私下小声地议论。

㉜委谢：委质来谢，带贵重礼品来言好。

㉝久而不合：指长时间不交战。古代称两军交战为合。

㉞取人：争取人心。

㉟易敌：轻视敌人。

㊱令之以文：对待士卒要宽厚笼络。文，宽厚。

㊲齐之以武：用严明军纪刑罚来整肃部众。武，刑威，军纪刑罚。

㊳令素行：平时认真贯彻法令。令，立法行令。素，平时。

㊴与众相得：和士卒相处得融洽。

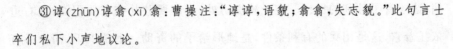

译文

孙子说：领兵作战，判断敌情，应该注意：穿越山岭，应临近谷地行进，驻扎居高向阳的地方，敌人已据高地，不要仰攻，这是在山地上对军队处置的办法。渡水一定要在离水流稍远的地方驻扎，敌人渡水而来，不要在水滨迎战，让敌人渡过一半还有一半未渡时攻击，这样才有利；想与敌人交战，不要靠近水边而迎敌；在江河地带扎营，也要居高向阳，不要面迎水流，这是在江河地带对军队的处置方法。穿越盐碱沼泽地带，一定要迅速通过，切勿停留；如果在盐碱沼泽之地与敌遭遇，一定要依傍水草而背靠树木,这是在盐碱沼泽地带处军的原则。在平原旷野,要驻扎在平坦地面,右边依托高阜,前低后高,这是在平原地区处置军队的原则。以上四种处军的好处,就是黄帝战胜四帝的原因。

大凡驻军总是喜欢干燥的高地,避开潮湿的洼地;重视向阳处而避开阴暗之处;靠近生长水草的地方,驻扎干燥的高地,军队就不发生任何疾病,这才有了胜利的保证。在丘陵堤防处,一定要驻扎在它的阳面,且右边依托着它,这是用兵的有利条件,是地形给予的资助。上游下雨,河中必有水沫漂来,若想过河,一定等水沫消定以后。凡地形中有"绝涧""天井""天牢""天罗""天陷""天隙"等情况,一走要迅速离开,不要接近。我方远离它,让敌方接近它;我方面对着它,敌方背对着它。军队行进中,遇到艰难险阻之处,长满芦苇的低洼地,草木茂密的山林地,必须谨慎地搜索,这些都是敌人奸细伏兵的地方。

敌人逼近而安静,是依仗它占领险要地形;敌人离我很远而来挑战的,是想诱我前进;敌人舍险而居平易之地,一定有它的好处或企图。前方许多树木摇动,那是敌人荫蔽前来;草丛中有许多遮障物,是敌人布下的疑阵;群鸟惊飞,下必有伏兵;野兽惊骇,是大军突袭而至;尘埃飞扬而高冲云间,是战车来临;尘埃飞扬低而广,是敌人步兵开来;尘土疏散飞扬,是敌人正曳柴而走;尘土少而时起时落,是敌人正在扎营;敌人使者谦卑而加紧备战的,那是企图向我进攻;敌人使者言辞强硬而先头部队又向前逼进的,是准备撤退;轻车先出动,部署在两翼的,是在布列阵势;敌人尚未受挫而来讲和的,是另有阴谋,敌人急速奔跑并排兵列阵的,是企图约期同我决战的;敌人半进半退的,是企图诱我前往;敌军倚着兵器而站立的,是饥饿的表现;供水兵打水先饮的,是干渴的表现;敌人见利而不进兵争夺的,是疲劳的表现;群鸟聚集在敌营上空,营地必已空虚;敌军夜有呼叫者,是因为军心恐慌;敌军纷乱无序,是敌将没有威严;敌旌旗乱动,是敌营阵已乱;敌军吏忿怒,是太烦倦之状,用粮食喂马,杀牲口吃,军中没有悬着汲水器,决心不返营舍的,那是敌军准备突围;低声下气同部下讲话的,是敌将失去了人心;不断犒赏士卒的,是敌军没有办法;不断惩处部属的,是敌人处境困难;敌将先对士卒暴虐,后又畏惧士卒叛离的,那是愚蠢到极点的将领;带来礼品谈判的,是想休兵息战。敌人盛怒而来,却久不交战又不撤离,必须仔细审察,摸清敌人的企图。

打仗不在于兵多就好,只是不能恃勇轻进,能够同心协力,准确地估计敌人,战胜敌人即可。没有远虑而又轻视敌人的,必然会被敌人所擒。

士卒还未亲附即加以处罚,那么士卒必走不服,不服就难以使用;士卒归附而法纪不施行,那么这样的士卒就不堪使用。因此,要以政治、道义教育士卒,要以军纪、军法来统一步调,这样才是一支攻无不克的队伍。平时严格贯彻命令,管教士卒,士卒就会听服;平常不严格教令士卒,不执行法纪,不取信于士卒的,士卒就不服。平素的命令之所以能够贯彻执行,都是由于将帅与士卒相处融洽的缘故。

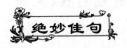

令素行以教其民,则民服;令不素行以教其民,则民不服。

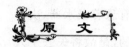

九地第十一

孙子曰：用兵之法，有散地，有轻地，有争地，有交地，有衢地，有重地，有圮地，有围地，有死地。诸侯自战其地，为散地。入人之地而不深者，为轻地。我得则利，彼得亦利者，为争地。我可以往，彼可以来者，为交地。诸侯之地三属①，先至而得天下之众者，为衢地。入人之地深，背城邑多者，为重地。行山林、险阻、沮泽，凡难行之道者，为圮地。所由入者隘，所从归者迂，彼寡可以击吾之众者，为围地。疾战则存，不疾战则亡者，为死地。是故散地则无战，轻地则无止，争地则无攻，交地则无绝，衢地则合交，重地则掠，圮地则行，围地则谋，死地则战。

古之善用兵者，能使敌人前后不相及②，众寡不相恃③，贵贱④不相救，上下不相收⑤，卒离而不集，兵合而不齐。合于利而动，不合于利而止。敢问："敌众整而将来，待之若何？"曰："先夺其所爱⑥，则听矣。"兵之情主速，乘人之不及，由不虞⑦之道，攻其所不戒也。

凡为客⑧之道：深入则专，主人⑨不克；掠于饶野，三军足食；谨养而勿劳⑩，并气积力⑪；运兵计谋，为不可测。投之无所往，死且不北⑫，死焉不得，士人尽力。兵士甚陷则不惧，无

文学常识丛书

所往则固，深入则拘，不得已则斗。是故其兵不修而戒⑬，不求而得，不约而亲，不令而信。禁祥去疑⑭，至死无所之。吾士无余财，非恶货也；无余命，非恶寿也。令发之日，士卒坐者涕沾襟，偃卧者涕交颐⑮。投之无所往者，诸、刿⑯之勇也。

故善用兵者，譬如率然⑰。率然者，常山⑱之蛇也。击其首则尾至，击其尾则首至，击其中则首尾俱至。敢问："兵可使如率然乎？"曰："可。"夫吴人与越人相恶也，当其同舟而济，遇风，其相救也，如左右手。是故方马埋轮⑲，未足恃也；齐勇若一，政之道也；刚柔皆得，地之理也。故善用兵者，携手若使一人，不得已也。

将军⑳之事，静以幽，正以治。能愚士卒之耳目，使民无知。易其事，革其谋，使民无识；易其居，迂其途，使民不得虑。帅与之期㉑，如登高而去其梯。帅与之深入诸侯之地，而发其机㉒；若驱群羊，驱而往，驱而来，莫知所之。聚三军之众，投之于险，此谓将军之事也。九地之变，屈伸之利㉓，人情之理，不可不察。

凡为客之道：深则专，浅则散㉔。去国越境而师者，绝地也；四达者，衢地也；入深者，重地也；入浅者，轻地也；背固前隘者，围地也；无所往者，死地也。是故散地，吾将一其志㉕；轻地，吾将使之属㉖；争地，吾将趋其后㉗；交地，吾将谨其守；衢地，吾将固其结㉘；重地，吾将继其食㉙；圮地，吾将进其涂；围地，吾将塞其阙㉚；死地，吾将示之以不活。故兵之情：围则御，不得已则斗，过则从㉛。

49

奇谋韬略

是故不知诸侯之谋者，不能豫^㉜交；不知山林、险阻、沮泽之形者，不能行军；不用乡导者，不能得地利。四五^㉝者，一不知，非霸王^㉞之兵也。夫霸王之兵，伐大国，则其众不得聚；威加于敌，则其交不得合。是故不争天下之交^㉟，不养天下之权，信己之私^㊱，威加于敌，故其城可拔，其国可隳^㊲。施无法^㊳之赏，悬无政^㊴之令，犯三军之众^㊵，若使一人。犯之以事，勿告以言；犯之以利，勿告以害。投之亡地然后存，陷之死地然后生，夫众陷于害，然后能为胜败。故为兵之事，在于顺详敌之意^㊶，并敌一向，千里杀将，此谓巧能成事者也。

是故政举之日，夷关折符^㊷，无通其使，厉^㊸于廊庙之上，以诛^㊹其事。敌人开阖，必亟入之。先其所爱，微与之期^㊺。践墨随敌^㊻，以决战事。是故始如处女，敌人开户^㊼，后如脱兔，敌不及拒。

文学常识丛书

注 释

①三：泛指多。属(zhǔ)：毗邻，连接。

②不相及：不相连续。

③恃：依靠。

④贵贱：原指古代军队内部官与兵、上级与下级不同的社会地位。这里分别代指官与兵或上级与下级。

⑤不相收：不相统属，不能收聚。

⑥夺其所爱：剥夺敌人所爱惜依恃的有利条件。

⑦不虞：没有预料到。虞，预料。

⑧客：古时称主动进攻或出兵在外作战的军队为客。

⑨主人：指处于防守或在本土作战的一方。

⑩谨养而勿劳：认真养练休整，勿使疲劳。

⑪并气积力：并，合并，此为鼓舞、鼓励之意。全句谓鼓舞士气，积蓄力量。

⑫北：败退，败逃。

⑬修：修明法令。戒：警戒。

⑭禁祥去疑：梅尧臣注："妖祥之事不作，疑惑之言不入。"全句谓禁止迷信和谣言之事，避免士卒疑惑。

⑮偃卧者涕交颐(yí)：士卒们仰卧在地，泪流满面。颐，面颊。

⑯诸、刿(guì)：诸，指专诸，春秋时期的勇士。公元前515年，他为吴公子光刺杀吴王僚，自己也当场被杀。刿，指曹刿，春秋时鲁国的勇士。他曾在齐，鲁两国会盟于柯地（今山东阳谷东北）时，劫持齐桓公，迫使他与鲁国定立盟约，归还所侵占的鲁国土地。

⑰率然：古代传说中的一种蛇，蛇身五彩，触头则尾至，触尾则头至，触腰则头尾俱至。

⑱常山：即北岳恒山，著名的五岳之一。位于今山西浑源南，西汉时因避汉文帝刘恒讳，改称"常山"。

⑲方马埋轮：曹操注："方，缚马也；埋轮，示不动也。"全句谓缚马埋轮，以示坚守的决心。

⑳将军：统帅军队。将，率领、统帅。

㉑帅与之期：将帅使部队约期赴战，即赋予部队作战任务。

㉒发其机：扣动弩机。这里是说将帅在统率部队进入敌境以后，要像扣动弩机射出箭矢一样，使队伍一往无前。

㉓屈伸之利：进退攻守哪种战法有利。屈伸，屈曲与伸直，引申为

进退攻守。

㉔深则专,浅则散:在敌国境内作战,深入则士卒一致,浅进则士卒涣散。

㉕一其志:统一士卒意志。

㉖使之属:使军队部属相连接。

㉗趋其后:让后续部队迅速跟进。

㉘固其结:巩固与诸侯的结盟。

㉙继其食:补充军粮,保障供给。

㉚塞其阙:堵塞通往外界的通道,使士卒失去逃生之望,拼死一战。

㉛过则从:过,指深陷危境。全句意为让士卒陷入危险境地,就能使他们很容易听从指挥。

㉜豫:参与。

㉝四五:四加五得九,四五指前面所说的九地。

㉞霸王:春秋时期,诸侯中的强大者称为霸,诸侯的共主称为王。

㉟不争天下之交:不争着与天下诸侯交结。

㊱信己之私:信,同"伸"。私,偏爱。全句谓伸展自己对民众的恩爱。

文学常识丛书

㊲隳(huī):毁坏。

㊳法:尺度,规范。

㊴政:同"正",正常,正规。

㊵犯三军之众:使用三军队伍。犯,驱使、使用。

㊶顺详敌之意:假装顺从敌人的企图。详,同"佯",假装。

㊷夷关折符:夷,削平、毁灭,引申为封锁。符,古代的通行凭证,通常为木、竹、铜质的牌子或器物,凭它可以传达命令,调动军队,通过关卡。全句谓封锁关卡,废除通行凭证。

㊸厉:反复推敲。

㊹诛:治理,这里指研究。

㊺微与之期:微,无、勿。期,约定。全句谓不要与敌人约期交战。

㊻践墨随敌:墨,木匠所画的墨线,在这里指陈规。全句谓避免墨守成规,随敌情变化来决定作战方案。

㊼开户:开门,这里指放松警惕。

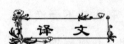

孙子说:根据用兵的原则,战地有散地、有轻地、有争地、有交地、有衢地、有重地、有圮地、有围地、有死地。诸侯在自己境内打仗的地方叫散地,进入敌人国境不深的地方,叫轻地。我军得到有利,敌军得到也有利的地区,叫做争地。我军可以往,敌军可以来的地区,叫交地。多国交界,先得到便容易取得天下支持的,为衢地。入敌境纵深,穿过敌境许多城邑的地方,叫重地。山林、险要、沼泽等大凡难行的地方,称为圮地。进兵道路狭隘,退回的道路迂远,敌军以少数兵力即可击败吾军的,为围地。迅速奋战即可生存,不迅速奋战就会灭亡的,为死地。因此,在散地不宜交战,在轻地不要停留,在争地不要冒然进攻,在交地行军序列不要断绝,在衢地应结交诸侯,在重地要掠取粮秣,遇到圮地要迅速通过,陷入围地就要运谋设计,到了死地就要殊死奋战。

古时善于指挥作战的人,能使敌人前后不相续,主力与小部队不能相倚恃,官兵不能相救援,上下级无法相统属,士卒离散而不能集中,对阵交战阵形也不整齐。对我有利就立即行动,对我无利就停止行动。或许有人问:"敌人人数众多、阵势严整地向我开来,用什么办法对待?"回答是:"先夺取敌人爱惜不肯放弃的物资或地盘,就能使它陷于被动

了。"用兵的道理，贵在神速，乘敌人措手不及，走敌人意料不到的道路，攻击敌人没有戒备的地方。

　　大凡对敌国采取进攻作战，其规律是：越深入敌境，军心士气越牢固，敌人越不能战胜我军，在丰饶的田野上掠取粮草，全军就有足够的给养；谨慎休养战士，勿使疲劳，增强士气，养精蓄锐；部署兵力，巧设计谋，使敌人无法判断我军企图。把部队置于无路可走的绝境，士卒虽死也不会败退。既然士卒宁死不退，怎么能不上下尽力而战呢？士卒深陷险境而不惧，无路可走，军心就会稳固；深入敌国，军队就不会涣散，处于这种迫不得已的情况，军队就会奋起战斗。因此，不须整饬，就能戒备；不须强求，就能完成任务；不须约束，就能亲附协力；不待申令，就会遵守纪律。消除士兵的疑虑，他们至死也不会退避。我军士兵没有多余的钱财，不是他们厌恶财物；士卒们不顾生命危险，不是他们不想活命。作战命令发布的时候，士卒们坐着泪湿衣襟，躺着泪流满面。把他们放到无路可走的绝境，就会像专诸和曹刿一样的勇敢。

　　所以善于用兵的人，如同率然一样。率然是恒山地方的一种蛇。打它的头部尾巴就来救应，打它的尾巴头就过来救应，打它的腹部头尾都来救应。或问："军队可指挥得像率然一样吗？"回答说："可以。"吴国人与越国人是互相仇恨的，当他们同船过渡同遇大风时，他们相互救助如同左右手。因此，缚马埋轮，是不早以倚恃稳定军阵的办法；三军勇敢，如同一人，就是要靠平时的军政修明；要使强弱不同的士卒都能发挥作用，在于地形利用的适宜。所以，善于用兵的人，能使部队携手如同一个人一样服从指挥，是将部队置于不得已的情况下形成的。

　　统帅军队这种事，要沉着镇静而幽密深邃，管理部队严正而有方。要蒙蔽士卒的耳目，使他们对于军事行动毫无所知。改变作战计划，变更作战部署，使人们无法认识；经常改换驻地，故意迂回行进，使人们推测不出意图。将帅给部队下达战斗命令，像登高而抽去梯子一样，使士卒有进无退；将帅与士卒深入诸侯重地，捕捉战机，发起攻势，像射出的箭矢一样勇往无前；对士卒如同驱赶羊群，赶过来，赶过去，使他们不知要到哪里去。聚集全军，置于险境，这就是统帅军队的任务。各种地形的灵活运用，攻守进退的利害关系，都不可不反复详究，留意考察。

大凡进入敌国作战的规律是：进入敌境越深，军心就愈是稳固；进入敌国腹地越浅，军心就容易懈怠涣散。离开本上穿越边境去敌国作战的地方，称为绝地；四通八达的战地为衢地；进入敌境纵深的地方叫重地；进入敌境不远的地方就是轻地；背靠险固前有阻隘的地方叫围地；无路可走的地方叫死地。因此，在散地上，要统一全军意志；在轻地上，要使营阵紧密相联；在争地上，就要使后续部队迅速跟进；在交地上，就要谨慎防守；在衢地上，就要巩固与邻国的联盟；入重地，就要补充军粮；在圮地，就要迅速通过；陷入围地，就要堵塞缺口；到了死地，就要殊死战斗。所以，作战的情况是：被包围就合力抵御，不得已时就会殊死奋战，深陷危境就会听从指挥。

不清楚各诸侯国意图的人，不能参与外交；不熟悉不会运用山林、险阻、沼泽等地形的人，就不能领军作战；不使用向导，就不能得到地利。这几个方面，有一方面不了解，都不能算是王霸的军队。所谓王霸的军队，攻伐大国，进攻大国就能使敌方的军队来不及动员集中；兵威指向敌人，敌人的外交就无法成功。所以不必争着与任何国家结交，也不随意在各诸侯国培植自己的势力，多多施恩于自己的民众、士卒，把兵威指向敌国，敌国城池可拔，国都就能被攻下。实行破格的奖赏，颁发非常的政令，驱使三军部队像使唤一个人一样。授以任务，不必说明作战意图；告诉他们有利的条件，但不指明不利的条件。把士卒投入危地，才能转危为安；把士卒陷于死地，才能转死为生。军队陷于危境，然

奇谋韬略

后才能取得胜利。所以,领兵作战这种事,就在于假装顺着敌人的意图,集中兵力指向敌人一处,即使千里奔袭,也可斩杀敌将,这就是所说的巧妙用兵能成就大事。

所以,决定战争行动的时候,就封锁关口,废除通行凭证,停止与敌国的使节往来,在庙堂再三谋划,作出战略决策。敌人一旦有机可乘,就马上攻入。首先要夺取敌人战略要地,不要与敌人约期决战。破除成规,因故变化,灵活决定自己的作战行动。因而,战争开始要像处女一般沉静,使敌人放松戒备;然后突然发动攻击,要像脱逃的野兔一样迅速行动,使敌人来不及抵抗。

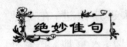

绝妙佳句

投之亡地然后存,陷之死地然后生。

文学常识丛书

作 品 简 介

　　《战国策》是继《国语》之后的一部国别体史书。又名《国策》《国事》《事语》《短长》《修书》等。作者姓名已不可考。大约只是秦汉间人杂采各国史料编纂而成。后经西汉末学者刘向整理编订,正式定名为《战国策》。全书共 33 篇,分为 12 策。记事从春秋结束以后到秦并六国为止(公元前 452—前 216 年),约 240 余年。分别记载战国时期东周、西周、秦、齐、楚、赵、韩、魏、燕、宋、卫、中山十二国的部分历史。主要是记叙战国时代谋臣策士们的言论及其活动,反映了战国时代政治、军事、外交斗争和各诸侯国之间的各种复杂的社会矛盾。

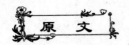
燕 昭 王 求 士

　　燕昭王收破燕后即位①，卑身厚币以招贤者，欲将以报仇。故往见郭隗②先生曰："齐因孤③国之乱，而袭破燕。孤极知燕小力少，不足以报。然得贤士与共国，以雪先王之耻，孤之愿也。敢问以国报仇者奈何④?"

　　郭隗先生对曰："帝者与师处，王者与友处，霸者与臣处，亡国与役处。诎指而事之，北面而受学⑤，则百己者至。先趋而后息，先问而后嘿⑥，则什己者至。人趋⑧己趋，则若己者⑦至。冯几据杖⑨，眄视指使⑩⑪，则厮役之人至。若恣睢奋击，呴籍叱咄⑪，则徒隶之人至矣。此古服道致之法也。王诚⑫博选国中之贤者，而朝其门下⑬，天下闻王朝其贤臣，天下之士必趋于燕矣。"

　　昭王曰："寡人将谁朝而可⑭?"

　　郭隗先生曰："臣闻古之君人，有以千金求千里马者，三年不能得。涓人⑮言于君曰：'请求之。'君遣之。三月得千里马，马已死，买其首五百金，反以报君。君大怒曰：'所求者生马，安事死马而捐五百金?'涓人对曰：'死马且买之五百金，况生马乎? 天下必以王为能市马，马今至矣。'于是不能期年，千里之马至者三⑯。今王诚欲致士，先从隗始；隗且见事，况贤于隗者乎？岂远千里哉？"

于是昭王为隗筑宫而师之⑰。乐毅⑱自魏往，邹衍⑲自齐往，剧辛⑳自赵往，士争凑㉑燕。燕王吊死问生㉒，与百姓同甘共苦。二十八年，燕国殷富，士卒乐佚轻㉓战。于是遂以乐毅为上将军，与秦、楚、三晋㉔合谋以伐齐，齐兵败，闵王出走于外㉕。燕兵独追北，入至临淄㉖，尽取齐宝，烧其宫室宗庙。齐城之不下者，惟独莒、即墨㉗。

奇谋韬略

注 译

①收：收拾。破燕：残破的燕国。公元前316年，燕王哙让位于燕相子之，燕国演成大乱。公元前314年，齐宣王乘机伐燕，燕王哙和相国子之死亡。公元前311年，燕太子平立为王，是为燕昭王。

②郭隗(wěi)：燕国贤士。

③因：趁着。孤：君王谦称。

④奈何：怎么办。

⑤北面而受学：坐北面南是尊位，是老师的座位。学生应该坐南面北来学习。

⑥嘿："默"的异体字，沉默。

⑦趋：小步快走，表示尊敬，这是一种礼节。

⑧若己者：跟自己水平相同的人。

⑨冯(píng)几：靠着几案。据仗：挂着手杖。

⑩眄(miǎn)视：斜视。指使：以手指示意。

⑪呴(xǔ)籍：跳跃践踏。叱咄(chì duō)：呼喝，大声斥责。

⑫诚：假设连词，果真、如果。

⑬朝其门下：登门拜见。

⑭谁朝：拜见谁。前置宾语。可：合适，恰当。

⑮涓(juān)人：宫中洒扫的人。

⑯不能：不到。三：表示多数，非实指。

⑰宫：房屋，住宅。师之：把他作为老师。

⑱乐毅：魏国名将乐羊的后代，为魏出使燕，燕昭王以客礼相待，任为亚卿。后任上将军，率军破齐，封昌国君。燕昭王死，其子惠王立，听信齐反间计，罢免乐毅。乐毅奔赵，封望诸君。

⑲邹衍：齐人，战国时著名阴阳家。

⑳剧辛：赵人，破齐的计谋主要由他策划。后来伐赵失败，为赵所杀。

㉑凑：聚集。

㉒吊死：悼念死者。问生：慰问活着的人。

㉓乐佚(yì)：悠闲安乐。轻：轻视，不害怕。

㉔三晋：指韩、赵、魏三国。

㉕出走于外：乐毅攻入临淄，齐闵王出逃至卫、邹、鲁、莒等地。

㉖临淄：齐国首都，在今山东淄博市东北。

㉗莒(jǔ)：今山东莒县。即墨：今山东即墨市。

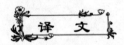

译文

燕昭王收拾了残破的燕国后登上王位，他降低自己的身份，拿出丰厚礼物来招揽人才，希望将来凭借他们的力量报仇。因而去见郭隗先生说："齐国趁我国混乱，乘人不备而进攻。我非常了解燕国势单力薄，不够用来报仇。然而若能得到贤士一道治理国家，以洗刷先王的耻辱，是我的愿望。敢问先生凭借一国之力报仇该怎么办？"

郭隗先生回答说:"成就帝业的人与老师相处,成就王业的人与朋友相处,成就霸业的人与臣子相处,亡国之君只能同仆役小人相处。屈己之意以侍奉贤者,恭敬地接受教导,那么才能超过自己百倍的人就来了。奔走在人前,休息在人后,自己最先向贤者求教,最后一个停止发问,那么才能超过自己十倍的人就来了。见面时别人有礼貌快步迎上来自己也就有礼貌地快步迎上去,那么和自己能力相仿的人就来了。依着几案,拿着手杖,斜视用手示意别人去做事,那么服杂役的仆人就来了。如果君主对人狂暴凶狠,随意打骂践踏,那么只有刑徒和奴隶在他身边了。这就是自古实行正道求得人才的方法。大王果真广泛选拔国内的贤者,而登门拜见,天下听说大王拜访那些贤臣,天下的贤者(便会)疾速到燕国来。"

昭王说:"我应拜访谁合适呢?"

郭隗先生道:"我听说古时的一位人君,想用千金求购千里马,三年也没买到。打扫清洁宫廷的人对他说:'请允许我去寻求它。'国君派遣他去了。三个月后获得千里马,马已死,用五百金买了死马的头,返回去把此事回报国君。国君大怒,道:'所要购求的是活马,怎么带回死马而丢失五百金?'那人答道:'死马花五百金购买,何况活马呢?天下必定认为大王您是能出高价买马的人,千里马现在就会到来了。'于是不到一年,千里马来了好几匹。现在大王果真想要招揽贤士,先从我开始吧;我尚且被尊奉,何况胜过我的人呢?他们难道会嫌路远而不来燕国吗?"

于是昭王为郭隗专门建造房屋,并让郭隗作为自己的老师。乐毅从魏国赶来,邹衍从齐国赶来,剧辛从赵国赶来,人才争相奔向燕国。燕昭王悼念死者,慰问活着的人,与百姓同甘共苦。燕昭王二十八年,燕国殷实富足,士兵们生活安乐舒适,不怕打仗。于是就用乐毅为上将军,与秦、楚、三晋联合策划攻打齐国。齐军败,齐闵王外逃。燕军独自追赶败退的齐军,深入到(齐都)临淄,掠尽齐国的财宝,烧毁齐国的宫殿和宗庙。齐国城邑没被攻下的,只剩莒、即墨。

诎指而事之,北面而受学,则百己者至。先趋而后息,先问而后嘿,则什己者至。人趋己趋,则若己者至。

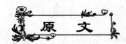
秦攻赵于长平

秦攻赵于长平，大破之，引兵而归。因使人索六城于赵而讲。赵计未定。楼缓①新从秦来，赵王与楼缓计之，曰："与秦城何如，不与何如？"楼缓辞让曰："此非人臣之所能知也。"王曰："虽然，试言公之私。"

楼缓曰："王亦闻夫公甫文伯母乎？公甫文伯官于鲁，病死。妇人为之自杀于房中者二八。其母闻之，不肯哭也。相室②曰：'焉有子死而不哭者乎？'其母曰：'孔子，贤人也，逐于鲁，是人不随。今死，而妇人为死者十六人。若是者其于长者薄而于妇人厚。'故从母言之，之为贤母也；从妇言之，必不免为妒妇也。故其言一也，言者异，则人心变矣。今臣新从秦来，而言勿与，则非计也；言与之，则恐王以臣之为秦也。故不敢对。使臣得为王计之，不如予之。"王曰："诺。"

虞卿闻之，入见王，王以楼缓言告之。虞卿曰："此饰说③也。"王曰："何谓也？"虞卿曰："秦之攻赵也，倦而归乎？王以其力尚能进，爱王而不攻乎？"王曰："秦之攻我也，不遗余力矣，必以倦而归也。"虞卿曰："秦以其力攻其所不能取，倦而归，王又以其力之所不能攻以资之，是助秦自攻也。来年秦复攻王，王无以救矣。"

王又以虞卿之言告楼缓，楼缓曰："虞卿能尽知秦力之所至

63

乎？诚知秦力之不至，此弹丸之地，犹不予也，令秦来年复攻王，得无割其内而媾④乎？"王曰："诚听子割矣，子能必来年秦之不复攻我乎？"楼缓对曰："此非臣之所敢任也。昔者三晋之交于秦，相善也。今秦释韩、魏而独攻王，王之所以事秦必不如韩、魏也。今臣为足下解负亲之攻，启关通敝⑤，齐交韩、魏。至来年而王独不取于秦，王之所以事秦者，必在韩、魏之后也。此非臣之所敢任也。"

王以楼缓之言告。虞卿曰："楼缓言不媾，来年秦复攻王，得无更割其内而媾。今媾，楼缓又不能必秦之不复攻也，虽割何益？来年复攻，又割其力之所不能取而媾也，此自尽之术也。不如无媾。秦虽善攻，不能取六城；赵虽不能守，而不至失六城。秦倦而归，兵必罢。我以五城收天下以攻罢秦，是我失之于天下，而取偿于秦也。吾国尚利，孰与坐而割地，自弱以强秦？今楼缓曰：'秦善韩、魏而攻赵者，必王之事秦不如韩、魏也。'是使王岁以六城事秦也，即坐而地尽矣。来年秦复求割地，王将予之乎？不与，则是弃前贵而挑秦祸也；与之，则无地而给之。语曰：'强者善攻，而弱者不能自守。'今坐而听秦，秦兵不敝而多得地，是强秦而弱赵也。以益愈强之秦，而割愈弱之赵，其计固不止矣。且秦，虎狼之国也，无礼义之心。其求无已，而王之地有尽。以有尽之地，给无已之求，其势必无赵矣。故曰：'此饰说也。'王必勿与。"王曰："诺。"

楼缓闻之，入见于王，王又以虞卿之言告之，楼缓曰："不然。虞卿得其一，未知其二也。夫秦、赵构难，而天下皆说，何也？曰：'我将因强而乘弱。'今赵兵困于秦，天下之贺战者，则必尽在于秦

矣。故不若亟割地求和，以疑天下，慰秦心。不然，天下将因秦之怒，秦赵之敝而瓜分之。赵且亡，何秦之图？王以此断之，勿复计也。"

虞卿闻之，又入见王，曰："危矣，楼子之为秦也。夫赵兵困于秦，又割地为和，是愈疑天下，而何慰秦心哉？是不亦大示天下弱乎？且臣曰勿予者，非固勿予而已也。秦索六城于王，王以五城赂齐。齐，秦之深仇也，得王五城，并力而西击秦也，齐之听王，不待辞之毕也。是王失于齐而取偿于秦，一举结三国之亲，而与秦易道也。"赵王曰："善。"因发虞卿东见齐王，与之谋秦。

虞卿未反，秦之使者已在赵矣。楼缓闻之，逃去。

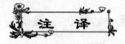

① 楼缓：赵人，当时为秦臣。

② 相室：随嫁之女。

③ 饰说：指花言巧语。饰，粉饰。

④ 媾（gòu）：媾和，讲和。

⑤ 通敝：即通币，指互通使节。

译 文

秦国在长平攻打赵国，大胜之后，立即收兵回国。接着，秦国派人向赵国索要六个城邑作为讲和的条件。是否接受这个条件，赵国还没有完全确定主意。这时，楼缓从秦国来到赵国，于是，赵王问楼缓说："我们给秦国城邑会怎样，不给又会怎样？"楼缓推辞说："这不是为人臣的我所能知道的。"

赵王说:"虽说如此,不妨谈谈你个人的想法。"

楼缓说:"大王听说过公甫文伯的母亲吧,公甫文伯在鲁国做官,不幸病死,他的妻妾有十六人在他房中自杀。他的母亲听说这事之后,就不伤心痛哭了。随嫁来的女子说:'哪有儿子死了母亲不哭的?'文伯的母亲说:'孔子是贤明之人,被逐出鲁国时,公甫文伯就不跟随他走。现在他死了,为他的死而自杀身亡就有十六个女人。照这样看,他是个不重德才而重妻妾的人。'从他母亲这些话来看,他母亲是个贤明的母亲;而从妻妾说的话看,他母亲则是一个好妒的女人。所以,同样一件事,从不同的人嘴里说出来,说法就不一样,那是因为人的思想感情、认识问题不一样。现在,我刚从秦国来,如果说不割城给秦国,那就不是好主意;如果说割城给秦国,那一定认为我是在为秦国说话。所以,我不敢回答。假如我从赵王方面考虑,不如就割城给秦国。"赵王说:"好。"

虞卿听了这事后,就进宫去见赵王,赵王就将楼缓的话告诉了虞卿。虞卿说:"这是伪善的狡辩。"赵王问:"为什么这样说呢?"虞卿说:"秦国这次撤兵,是因为他们的军队疲乏,还是他们兵力还充足,只是因为爱护大王而撤退呢?"赵王说:"秦国攻打赵国,那是不遗余力的,一定是军队疲乏至极而撤退了。"虞卿说:"秦国用他的兵力攻打他不能取胜的地方,现在精疲力竭而归。大王却又要把他用尽兵力也攻取不了的城邑来资助他,这是帮助秦国来攻打自己啊!明年,秦国再来攻打大王,那大王就没有办法可以解救自己了。"

赵王又把虞卿的话告诉了楼缓。楼缓说:"虞卿他能完全知道秦国兵力所能达到的最大限度吗?如果他确实知道秦国的兵力不能攻下六个城邑,那么,即使是弹丸之地也不能割让给它。假如秦国明年又来攻打赵国,那是不是又要割让内地城邑而求和呢?"赵王说:"要是真的听从你割城的意见,你能肯定秦国明年就不再攻打赵国吗?"楼缓回答说:"这不是我能担保的,从前韩、赵、魏三国和秦国结交,友善往来。现在,秦国放弃对韩魏的进攻,只攻打赵国,是因为大王恭侍秦国不如魏国和韩国,今天我是为你解除因背弃秦国而遭受的进攻,开通边关,互通使节,使秦国与赵国的交往,如同与魏国、韩国一样。到了来年,大王如果还不能取悦于秦王,那一定是大王侍奉秦王的方法不如韩、魏两国。这也是我无法保证的原因。"

赵王又将楼缓说的话告诉了虞卿。虞卿说:"楼缓所说如果不和秦国媾和,明年秦国又来进攻,那时又得割让土地城邑。如果现在讲和,楼缓又不能保证秦国不再进攻赵国,这样,即使割让了土地,又有什么好处呢?来年再来进攻,又割让秦国武力所不能取得的城邑,这简直就是自己消耗自己的实力、土地和城邑的做法。这样就不如不要与秦国讲和。秦国虽然进攻力强,但也不能一下攻破六座城邑;赵国虽然防守能力差,但也不至于一下子失掉六座城池。等到秦军兵疲马乏,一定就退去了。如果我们用五座城来收买诸侯各国去攻打疲惫的秦国,这样,我们虽然用了五座城给诸侯国,但是能从秦国得到补偿。这对我们赵国还是有利的,这与等着割地,自己削弱自己而加强秦国,哪个好?如今楼缓说:'秦国与韩魏两国友善而攻打赵国的原因,一定是大王侍奉秦国不如韩魏两国。'这是为了让大王每年用六座城池去侍奉秦国,也就是坐而待毙,会白白地把国土丢尽。来年,秦国又来要求割地,大王还给他吗?如果不给,那就必将前功尽弃,而招致秦国再次进攻我们赵国;如果给,那就没有土地可以割让了。人常说:'强者善于进攻,而弱者不能自我防守。'现在,我们消积地受秦国的摆布,秦国军队不吃苦、不费力就能得到许多土地,使强秦更强,而赵国更加削弱。增强愈加强大的秦国而削弱愈加弱小的赵国,秦国这种蚕食侵吞赵国的计谋当然是不会停止的。况且人称秦国为虎狼之国,它是没有仁义之心的,它的贪婪是没有止境的,而大王的国土是有限的。拿有限的国土去满足那没有止境的贪欲,那赵国必定要灭亡的。所以说:'这是伪善的狡辩。'大王一定不能给秦国割让土地。"赵王说："好。"

楼缓听到后，又进宫去拜见了赵王，赵王又把虞卿的话告诉了他。楼缓说："不是这样，虞卿只知其一，不知其二。秦赵两国交战不已，而媾和艰难，其他诸侯国都非常高兴，为什么？他们会说：'我们是凭借强国的力量来制约了弱国。'如今，赵国的军队被秦军战败，诸侯各国庆贺战胜者的一定都在秦国一方。所以，不如赶快向秦国割地求和，以此迷惑诸侯各国，也使秦国心安。不然，诸侯各国将会因为秦国的强大和赵国的疲弱来进一步瓜分赵国。赵国将要灭亡了，还打什么秦国的主意？大王快拿定主意下决断吧，不要再讨论了。"

虞卿听说后，又进宫求见赵王说："危险呀，楼缓这小子是为秦国在奔走谋算哇，赵国军队被秦军打败，又要给秦国割地以求和，这将使诸侯各国更加疑心，又怎么能使秦国安心呢？这不是向天下诸侯表明赵国的弱小吗？我主张坚决不给秦国割让土地，而是把五座城去送给齐国。齐国与秦国是最大的仇敌，齐国得到大王的五座城邑，一定会与赵国联合起来，向西进攻秦国，齐国不等我们把话说完，就会听大王你的。这样，大王虽然送了五座城邑给齐国，却可以从秦国那里得到补偿，而且还能一举和魏、韩、齐三国结成友好，这样赵国和秦国的处境就颠倒过来了。"赵王说："好。"因此就派虞卿往东去拜见齐王，与齐王共商对付秦国的有关事宜。

虞卿还没有回来，秦国的使者已经到赵国讲和了。楼缓听到消息后，就从赵国逃跑了。

其求无已，而王之地有尽。以有尽之地，给无已之求，其势必无赵矣。

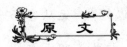

秦围赵之邯郸

秦围赵之邯郸①。魏安釐王使将军晋鄙②救赵。畏秦，止于荡阴③，不进。魏王使客将军辛垣衍间入④邯郸，因平原君谓赵王⑤曰："秦所以急围赵者，前与齐闵王⑥争强为帝，已而复归帝，以齐故。今齐闵王已益弱。方令惟秦雄天下，此非必贪邯郸，其意欲求为帝。赵诚发使尊秦昭王⑦为帝，秦必喜，罢兵去。"平原君犹豫未有所决。

此时鲁仲连适⑧游赵，会⑨秦围赵。闻魏欲令赵尊秦为帝，乃见平原君曰："事将奈何矣？"平原君曰："胜也何敢言事？百万之众折于外⑩，今又内围邯郸而不能去。魏王使将军辛垣衍令赵帝秦。今其人在是，胜也何敢言事？"鲁仲连曰："始吾以君为天下之贤公子也，吾乃今然后知君非天下之贤公子也。梁客辛垣衍安在？吾请为君责而归之。"平原君曰："胜请召而见之于先生。"平原君遂见辛垣衍曰："东国⑪有鲁仲连先生，其人在此，胜请为绍介而见之于将军。"辛垣衍曰："吾闻鲁仲连先生，齐国之高士也。衍，人臣也，使事有职，吾不愿见鲁仲连先生也。"平原君曰："胜已泄之矣。"辛垣衍许诺。

鲁仲连见辛垣衍而无言。辛垣衍曰："吾视居北围城之中者，皆有求于平原君者也。今吾视先生之玉貌，非有求于平原君者，

69

曷为久居此围城之中而不去也?"鲁仲连曰:"世以鲍焦⑫无从容而死者,皆非也。今众人不知,则为一身。彼秦者,弃礼义而上首功之国也,权使其士,虏使其民,彼则肆然而为帝,过而遂正于天下,则连有赴东海而死矣,吾不忍为之民也。所为见将军者,欲以助赵也。"辛垣衍曰:"先生助之奈何?"鲁仲连曰:"吾将使梁及燕助之,齐、楚则固助之矣。"辛垣衍曰:"燕则吾请以从矣;若乃梁,则吾乃梁人也,先生恶⑬能使梁助之耶?"鲁仲连曰:"梁未睹秦称帝之害故也,使梁睹秦称帝之害,则必助赵矣。"辛垣衍曰:"秦称帝之害将奈何?"鲁仲连曰:"昔齐威王⑭尝为仁义矣,率天下诸侯而朝周。周贫且微,诸侯莫朝,而齐独朝之。居岁余,周烈王崩⑮,诸侯皆吊,齐后往。周怒,赴⑯于齐曰:'天崩地坼,天子下席。东藩之臣田婴齐后至,则斮⑰之。'威王勃然怒曰:'叱嗟,而⑱母婢也。'卒为天下笑。故生则朝周,死则叱之,诚不忍其求也。彼天子固然,其无足怪。"辛垣衍曰:"先生独未见夫仆乎? 十人而从一人者,宁力不胜,智不若耶? 畏之也。"鲁仲连曰:"然梁之比于秦若仆耶?"辛垣衍曰:"然。"鲁仲连曰:"然吾将使秦王烹醢⑲梁王。"辛垣衍快然不说⑳曰:"嘻,亦太甚矣,先生之言也。先生又恶能使秦王烹醢梁王?"

　　鲁仲连曰:"固也,待吾言之。昔者,鬼侯、鄂侯、文王㉑,纣之三公也。鬼侯有子而好,故入之于纣,纣以为恶,醢鬼侯。鄂侯争之急,辩之疾,故脯鄂侯。文王闻之,喟然而叹,故拘之于牖里之库㉒,百日而欲舍之死。曷为与人俱称帝王,卒就脯醢之地也? 齐闵王将之鲁,夷维子执策㉓而从,谓鲁人曰:'子将何以待吾君?'鲁人曰：'吾将以十太牢待子之君。'夷维子曰：'子安取礼而来待吾君？彼吾君者，天子也。天子巡狩，诸侯辟舍，纳于筦键^㉔，摄衽抱几，视膳于堂下，天子已食，退而听朝也。'鲁人投其籥^㉕，不果纳，不得入于鲁。将之薛，假涂于邹^㉖。当是时，邹君死，闵王欲入吊。夷维子谓邹之孤曰：'天子吊，主人必将倍殡枢，设北面^㉗于南方，然后天子南面吊也。'邹之群臣曰：'必若此，吾将伏剑而死。'故不敢入于邹。邹、鲁之臣，生则不得事养，死则不得饭含^㉘，然且欲行天子之礼于邹、鲁之臣，不果纳。今秦万乘之国，梁亦万乘之国。俱据万乘之国，交有^㉙称王之名，睹其一战而胜，欲从而帝之，是使三晋^㉚之大臣不如邹、鲁之仆妾也。且秦无已而帝，则且变易诸侯之大臣。彼将夺其所谓不肖，而予其所谓贤，夺其所赠，而与其所爱。彼又将使其子女谗妾为诸侯妃姬，处梁之宫，梁王安得晏然^㉛而已乎？而将军又何以得故宠乎？"于是，辛垣衍起，再拜，谢曰："始以先生为庸人，吾乃今日而知先生为天下之士也。吾请去，不敢复言帝秦。"秦将闻之，为却军^㉜五十里。

适会魏公子无忌^㉝夺晋鄙军以救赵击秦，秦军引而去。于是平原君欲封鲁仲连，鲁仲连辞让者三，终不肯受。平原君乃置酒，酒酣，起前以千金为鲁仲连寿，鲁仲连笑曰："所贵于天下之士者，为人排患、释难、解纷乱而无所取也。即有所取者，是商贾之人也，仲连不忍为也。"遂辞平原君而去，终身不复见。

注　译

①邯郸：赵国都城，在今河北邯郸。

②安釐王:魏国国君,名圉。晋鄙:人名,魏将。

③荡阴:地名,今河南汤阴。

④客将军:别国的人在本国做将军称为客将军。辛垣衍:人名,复姓辛垣,名衍。间入:潜入。

⑤平原君:赵孝成王的叔父,名胜,封平原君。赵王:指赵孝成王,名丹,在位21年(公元前265—前245年)

⑥齐闵王:齐国国君,名遂,在位17年(公元前300—前284年)。

⑦秦昭王:秦国国君,名稷,在位56年(公元前306—前251年)

⑧适:正好,恰逢。

⑨会:恰逢,正赶上。

⑩"百万"句:指赵孝成王六年(公元前260年),秦将白起在长平(今山西高平西北)大破赵军,坑赵降卒40万。

⑪东国:指齐国,因在赵国东,故称。

⑫鲍焦:周时隐士,廉洁自守,以砍柴、拾橡实为生,不臣天子,不交诸侯,子贡讥之,抱木而死。

⑬恶:怎么。

⑭齐威王:齐国国君,名婴齐,在位36年(公元前378—前343年)。

⑮周烈王:周王,名喜,在位7年(公元前375—前369年)。崩:古代称帝王或王后的死叫"崩"。

⑯赴:通"讣",报丧。

⑰斫(zhuó):砍,斩。

⑱而:汝,你。

⑲醢(hǎi):剁成肉酱。

⑳怏然:不高兴的样子。说:同"悦"。

㉑鬼侯、鄂侯、文王:殷纣王时的三个诸侯。鬼侯的封地在今河北临

章,鄂侯封地在今山西中阳,文王即周文王姬昌。

　　㉒牖(yǒu)里:地名,在今河南汤阴北。亦作羑里。库:监狱。

　　㉓夷维子:齐人。夷维,齐地名,即今山东潍坊。此人以邑为姓。子:古时对男子的美称。策:马鞭。

　　㉔筦(guǎn)键:钥匙。

　　㉕籥(yuè):通"钥",锁。

　　㉖假涂:借道。涂,通"途",道路。邹:小国名,在今山东邹县。

　　㉗北面:面向北。

　　㉘饭含:古代的殡礼。在死人口中放一些粟米称饭,在死者口中放玉称含。

　　㉙交有:互有。

　　㉚三晋:指韩、赵、魏三个诸侯国。春秋末年,韩、赵、魏三国分晋,故称三晋。

　　㉛晏然:安适的样子。

　　㉜却军:退军。

　　㉝无忌:魏公子,名无忌,即信陵君,战国著名四公子之一。

奇谋韬略

73

译　文

　　秦军包围了赵国的都城邯郸。魏安釐王派晋鄙将军率军援救赵国,但晋鄙非常害怕秦军的威势,行军到赵、魏两国接壤的荡阴就驻扎下来,不敢前进了。魏王于是就派了一位客居魏国的辛垣衍将军,秘密地从小路进入邯郸,通过平原君转达赵孝成王说:"秦国之所以急于攻打赵国,是因为先前秦昭王与齐闵王争胜称帝,不久之后,齐王先放弃了帝号,秦王随后也放弃了帝号。现在齐国越来越削弱了,只有秦国还称雄天下,这次秦出兵,并非一定要攻占邯郸。它的目的是要称帝。赵国如果能真诚地派使者去尊奉秦王为帝,秦国一定很高兴,就会撤去军队。"平原君听后很犹豫不决。

这时鲁仲连正好在游历赵国,恰逢秦军围攻赵国。听说魏国要赵国尊奉秦国为帝,就去求见平原君说:"这事打算怎么办呢?"平原君说:"我赵胜哪里敢说这事,我们的百万大军遭到折损,如今秦国又进一步包围了邯郸,我们又不能击退他们,魏王派了客居的将军辛垣衍,来要赵国尊奉秦国为帝。现在这个人还在,我哪里敢谈论这等国家大事!"鲁仲连说:"当初,我认为你是天下有名的贤才公子,而今才知道你并不是。魏国的客将在哪儿?让我替你去责备他,让他回去。"平原君说:"请让我把他找来引见给先生。"平原君于是就去见辛垣衍说:"齐国的鲁仲连先生正在这里,他让我介绍他与将军见面。"辛垣衍说:"我听说鲁仲连先生是齐国的道德高尚的人;而我只是被派遣来的下臣,我不愿见鲁仲连先生。"平原君说:"我已经把你在赵国的情况,泄露给鲁仲连了。"辛垣衍只好同意见面了。

鲁仲连见到辛垣衍后却不说话。辛垣衍说:"据我看,住在这个围城的人都是有求于平原君的,现在,我观察先生的样子,不是有求于平原君,那为什么要久住在这围城不离去呢?"鲁仲连说:"有些人认为鲍焦是由于气度狭小忧愁而死的,这些人的看法是不对的。他们以为他只为自己着想,根本不理解他。秦国是一个丢弃礼义而崇尚武力的国家,以权作之术对待有知识的人,把老百姓当奴隶役使,秦王却毫无顾忌地称帝,如果他顺利地统一了天下,那么我只有跳东海自杀了。我真不愿做他的臣民。我所以来拜见将军,是想帮助赵国。"辛垣衍说:"先生打算怎样帮助呢?"鲁仲连说:"我打算使魏梁、燕国都帮助它,齐、楚两国早就帮助它了。"辛坦衍说:"燕国,我相信它会听从你的;至于魏梁，我就是魏国人，先生你怎么使它也帮助赵国呢？"鲁仲连说："魏国还没有认识到秦国称帝的危害。一旦让魏梁感受到秦国称帝的危险，那它必定会来帮助的。"辛垣衍说："秦国称帝的危害是怎样的？"鲁仲连说："从前齐威王曾经实行仁义之礼，率领天下诸侯去朝拜周国，当时周国很贫穷弱小，诸侯都不去拜它，只有齐国去了。过了一年，周烈王驾崩，诸侯都纷纷去吊唁，齐威王后去，周显王发怒了，给齐王发讣告说：'天子死了，如天崩地裂，继位的显王是睡在草席上守丧，东方的藩臣田婴竟然最后才到，应该砍掉你的头！'齐威王勃然大怒说：'呸，你的娘不过是个奴婢。'终于被天下人耻笑。为什么周烈王活着时去朝拜，而死后却遭骂，那是因为实在忍受不了周显王的苛求。唉，做天子的本来就是这样，也没什么奇怪。"辛垣衍说："先生没有见过奴仆吗？他们十个人侍从一个主人。难道是他们力气不如主人大，智慧没有主人高吗？那是惧怕主人呀！"鲁仲连说："魏梁和强秦相比，就如同主仆一样啊！"辛垣衍说："是这样。"鲁仲连说："那么，我要让秦王把魏王剁成肉酱烹煮！"辛垣衍表现出不高兴的样子说："先生说的也太过分了。先生又怎能使秦王烹煮魏王？"

鲁仲连说："你听我说这个道理，从前，鬼侯、鄂侯、文王，都是殷纣王的三个诸侯，鬼侯有个女儿，非常美丽，进献给了纣王，纣王却认为她长得很丑，就把鬼侯剁成了肉酱。鄂侯极力为鬼侯开脱辩解，纣王就把鄂侯杀了，并把尸体做成了肉干。文王听了这事之后，长叹了一声，因此又把文王关在牖里的监狱中，整整关了一百天，想置他于死地。为什么同样都称帝王，却终于落得被人剁成肉酱、晒成肉干的下场？齐闵王要到鲁国去，夷维子驾车执鞭做齐王的随从。夷维子对鲁国人说：'你们打算怎样接待我们的国君？'鲁人说：'我们准备用牛羊猪各十头来款待你们的国君。'夷维子说：'你们从哪儿学来的礼节来欢迎我们的国

奇谋韬略

君,要知道,我们的国君是天子。天子出巡诸侯国,诸侯应该离开自己的宫室避居于外,交出钥匙,提起衣襟,亲自捧着几案,侍立于堂下侍候。等天子吃过饭,诸侯才得告退去处理政务。'鲁人听到这些话后,就关门下锁,没有接待齐闵王入境。齐闵王没有能到鲁国,又准备到薛城去而借道于邹国。这时正当邹国国君死了,齐王准备去吊唁。夷维子对邹王的儿子说:'天子来吊唁,你们应把棺枢从朝南的方位移到朝北的方向,然后天子好坐北向南祭吊。'邹国的大臣们说:'如果必须这样,我们都将刎颈自杀。'结果齐王也没能入邹国国境。邹、鲁两国的臣子在国君活着的时候,不能侍奉供养,国君死后又不能以厚礼祭奠,然而当齐王想把对待天子的礼节强加给邹鲁两国的大臣时,他们却不接受。现在秦国是拥有万乘兵车的大国,魏国也是拥有万乘兵车的国家,彼此都有称王的名分,看见秦国打了一次胜仗,就想服从他,并尊它为帝,这样,韩、赵、魏三国的大臣还不如邹、鲁两国的仆人和妻妾了。而且秦国因为贪欲不止居然称帝的话,秦王就会撤换诸侯的大臣,他会把他认为不贤能的人撤职,转而授予他认为贤能的人;把他所厌恶的人撤职,换上他所喜欢的人。他还会把他的女儿和那些说谗言的女人,许配给诸侯做妻妾,住到魏国的后宫去,魏王又怎能平安生活呢?而将军又怎能和先前一样得到魏王的宠信呢?"于是辛垣衍站起身来,拜了再拜,道歉说:"开始我认为先生是个平庸之人,今天,我终于认识到先生是天下的贤士!我请求离开这里,不敢再说尊秦为帝了。"秦国将领听到这个消息,让军队后退五十里。

此时,恰好有魏国公子信陵君夺了晋鄙的军队来救援赵国,袭击秦军,秦军只好撤出了邯郸。于是平原君打算分封鲁仲连爵位和封地,鲁仲连再三推辞,最终没有接受。平原君就设置酒宴款待他,酒意正酣时,平原君起身拿出千金厚礼,为鲁仲连祝寿。鲁仲连笑着说:"对于天下之士来说，最宝贵的，在为人排忧解难，消除纷乱，而不要什么报酬。如果要什么酬劳，那就是做买卖的商人了，我不愿意做这种人。"于是向平原君告辞离去，从此终身不再露面。

绝妙佳句

生则不得事养，死则不得饭含。

甘茂亡秦且之齐

甘茂亡秦，且之齐。出关，遇苏子①。曰："君闻夫江上之处女②乎？"苏子曰："不闻。"曰："夫江上之处女，有家贫而无烛者，处女相与语，欲去之。家贫无烛者将去矣，谓处女曰：'妾以无烛故，常先至扫室布席。何爱余明之照四壁者？幸以赐妾，何妨于处女？妾自以有益于处女，何为去我？'处女相语以为然，而留之。今臣不肖，弃逐于秦而出关，愿为足下扫室布席，幸无我逐也。"苏子曰："善。请重公于齐。"

乃西说秦王曰："甘茂，贤人，非恒士③也。其居秦，累世④重矣，自殽塞⑤、谿谷，地形险易，尽知之。彼若以齐约韩、魏，反以谋秦，是非秦之利也。"秦王曰："然则奈何？"苏代曰："不如重其贽⑥，厚其禄以迎之。彼来，则置之槐谷，终身勿出，天下何从图⑦秦？"秦王曰："善。"与之上卿，以相迎之齐。

甘茂辞不往。苏子伪⑧谓王曰："甘茂，贤人也。今秦与之上卿，以相迎之；茂德王之赐，故不往，愿为王臣。今王何以礼之？王若不留，必不德王。彼以甘茂之贤，得擅用强秦之众，则难图也。"齐王曰："善。"赐之上卿，命而处之。

①苏子:苏代,洛阳人,与兄苏秦都是战国时期著名的纵横家。

②处女:少女。

③恒士:平常人。

④累世:历代,世世代代。

⑤殽塞:指殽山。

⑥贽(zhì):初见尊长所送的礼物,这里泛指聘礼。

⑦图:图谋,对付。

⑧伪:假装不知道。

译 文

　　甘茂离开秦国将要到齐国去。他刚出函谷关,就遇到了苏代。他对苏代说:"你听说过江边地方姑娘们的事吗?"苏代说:"我没听说过。"他便向苏代叙述说:"江边地方的姑娘中,有一个家境非常贫寒,每到夜晚,家中连蜡烛都点不起的。其他姑娘就都欺负她,商量着要把她赶走。这个贫穷的姑娘就说:'我家境贫穷,夜晚连照明的蜡烛都没有。但我经常早早来到,先扫屋子,再铺好席子,等待大家来聚会。你们什么都有了,又何必吝啬那照亮四壁的一点余光呢?你们赐一点余光给我,对你们来说,也没什么损失呀!我以为留下我对你们还是有好处的,为什么一定要我离开呢?'其他姑娘们一起商量,认为她说的也在理,就把她留了下来。我没有才能,今天,我离开秦国而出关来,我愿意为你做些扫宅布席的事,请你不要让我离开。"苏代说:"好吧,我要让齐国知道你有才能,并尊重你。"

　　苏代于是西去秦国,对秦王说:"甘茂是个有才有能的贤明之人,不是平庸之辈。他在秦国,历代君主都多次重用他。对殽山、黡谷一带的险要

地形了解得很清楚。他如果去齐国再联合韩国和魏国，反过来谋算秦国，那对秦国将是很不利的。"秦王说："那该怎么办呢？"苏代说："你不如以重金相聘，以厚礼相迎。他来后就把他安排到槐谷，让他终身不要出来露面，那时天下的诸侯怎能算计秦国呢？"秦王说："好。"就封甘茂为上卿，带着相印到齐国去迎接他。

甘茂推辞不肯到秦国去。苏代又假装不知甘茂的事，又去对齐宣王说："甘茂，是个贤明的人，现在秦国封他为上卿，带着相印来迎接他，他因感恩于大王，不愿去秦国，而希望做齐王的大臣。现在齐王给他什么礼遇呢？大王如果不挽留他，那他就一定不会感激大王了。秦王会依仗甘茂的才能，给他调动军队的权利，那秦国可就难以对付了。"齐王说："好。"于是赐封甘茂为上卿，使他留在了齐国。

王若不留，必不德王。

文学常识丛书

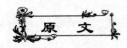

梁王伐邯郸

梁王①伐邯郸,而征师于宋。宋君②使使者请于赵王③曰:"夫梁兵劲而权重,今征师于弊邑,弊邑不从,则恐危社稷;若扶梁伐赵,以害赵国,则寡人不忍也。愿王之有以命弊邑。"赵王曰:"然。夫宋之不足如④梁也,寡人知之矣。弱赵以强梁,宋必不利也。则吾何以告子而可乎?"使者曰:"臣请受边城,徐其攻而留其日⑤,以待下吏之有城而已。"赵王曰:"善。"

宋人因遂举兵入赵境,而围一城焉。梁王甚说,曰:"宋人助我攻矣。"赵王亦说曰:"宋人止于此矣。"故兵退难⑥解,德施于梁,而无怨于赵。故名有所加,而实有所归。

81

注 译

①梁王:魏惠王。

②宋君:宋王剔成,谥号不详。

③赵王:赵成侯。

④不足如:不如。

⑤留其日:拖延攻克城池的日期。

⑥难:指战事。

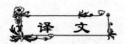

　　魏惠王要攻打赵国邯郸,而到宋国去征集兵士。宋国君王派遣使者去请见赵国成侯王说:"魏国的兵强国盛,现在到敝国征兵,敝国如果不应允,就担心危及国家的安全,如果答应就是帮助魏国去攻打赵国,这样伤害赵国,我是不忍心的。希望大王给我们出个主意吧。"赵成侯说:"是这样的。宋国不如魏国,这我是明白的。削弱赵国来加强魏国,这对宋国是很不利的。那么我能给你出个什么主意呢?"使臣说:"我请求大王你同意让我们攻打赵国一个边境城邑,我们只是围住它以便拖延时间,这就和赵国没有丢城一样。"赵成侯说:"好。"

　　宋国于是就出兵进入赵国边境,围住了边境的一个城邑。魏惠王知道后很高兴地说:"宋国在帮助我攻打赵国了。"赵成侯也高兴地说:"宋国只不过是虚攻我们边境的一个城邑仅此而已。"于是魏国撤出了他们的军队,这就使赵国解除了危机和忧患。魏国感激宋国的帮助,赵国也不怨恨宋国。所以宋国最终得到了助魏救赵的好名声,又不得罪魏、赵两国的实际效果。

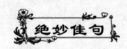

　　故名有所加,而实有所归。

智伯欲伐卫

智伯欲伐卫,遗①卫君野马四,白璧一。卫君大悦②,群臣皆贺,南文子有忧色。卫君曰:"大国大欢,而子有忧色何?"文子曰:"无功之赏,无力之礼,不可不察也。野马四,白璧一,此小国之礼也,而大国致之。君其图之。"卫君以其言告边境。智伯果起兵而袭卫,至境而反③,曰:"卫有贤人,先知吾谋也。"

83

①遗:赠送。
②大悦:非常高兴。
③反:通"返",返回。

译 文

智伯计划去攻打卫国,先送给卫国君王好马四匹,白璧一个。卫君得到这些意外的赠送,非常高兴,群臣也都庆贺,只有南文子显出一副忧郁的神色。卫君对他说:"大家都在高兴,你怎么这么忧愁呢?"文子回答说:"这是没有功劳受到的赏赐,没有出力得到的礼品,不可以不认真想想,谨慎对待呀。四匹好马,一个白璧,这是小国送给大国的礼物,现在大国把这种礼物送给我们,请大王认真考虑考虑吧。"于是卫君就向守边的军队下达了严密防守、警惕来犯之敌的命令。不久,智伯果然兴兵偷袭卫国,刚到卫国边境就发现卫军早已有戒备,智伯只好领着队伍退去了,说:"卫国有聪慧的贤人,他们预先就知道了我的计谋啊。"

绝妙佳句

无功之赏,无力之礼,不可不察也。

文学常识丛书

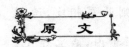

苏秦始将连横

苏秦始将连横，说秦惠王曰："大王之国，西有巴、蜀、汉中之利，北有胡貉、代马之用，南有巫山、黔中之限，东有殽、函之固。田肥美，民殷富，战车万乘，奋击百万，沃野千里，蓄积饶多，地势形便，此所谓天府，天下之雄国也。以大王之贤，士民之众，车骑之用，兵法之教，可以并诸侯，吞天下，称帝而治。愿大王少留意，臣请奏其效。"

秦王曰："寡人闻之：毛羽不丰满者，不可以高飞；文章不成者，不可以诛罚；道德不厚者，不可以使民；政教不顺者，不可以烦大臣。今先生俨然不远千里而庭教之，愿以异日。"

苏秦曰："臣固疑大王之不能用也。昔者神农伐补遂，黄帝伐涿鹿而禽蚩尤，尧伐欢兜，舜伐三苗，禹伐共工，汤伐有夏，文王伐崇，武王伐纣，齐桓任战而伯天下。由此观之，恶有不战者乎？古者使车毂击驰，言语相结，天下为一；约从连横，兵革不藏；文士并饬[①]，诸侯乱惑；万端俱起，不可胜理；科条既备，民多伪态；书策稠浊，百姓不足；上下相愁，民无所聊；明言章理，兵甲愈起；辩言伟服，战功不息；繁称文辞，天下不治；舌弊耳聋，不见成功；行义约信，天下不亲。于是，乃废文任武，厚养死士，缀甲厉兵，效胜于战场。夫徒处而致利，安坐而广地，虽古五帝、三王、五伯、明主贤君,常欲坐而致之。其势不能,故以战续之。宽则两军相攻,迫则杖戟相撞②,然后可建大功。是故兵胜于外,义强于内,威立于上,民服于下。今欲并天下,凌万乘,诎③敌国,制海内,子元元,臣诸侯,非兵不可。今之嗣主,忽于至道,皆惛于教,乱于治,迷于言,惑于语,沉于辩,溺于辞。以此论之,王固不能行也。

说秦王书十上,而说不行。黑貂之裘弊,黄金百斤尽,资用乏绝,去秦而归。嬴縢履蹻④,负书担囊,形容枯槁,面目犁黑,状有归色。归至家,妻不下纴⑤,嫂不为炊,父母不与言。苏秦喟叹曰:"妻不以我为夫,嫂不以我为叔,父母不以我为子,是皆秦之罪也。"乃夜发书,陈箧数十,得《太公阴符》之谋,伏而诵之,简练以为揣摩。读书欲睡,引锥自刺其股,血流至足,曰:"安有说人主不能出其金玉锦绣、取卿相之尊者乎?"期年⑥,揣摩成,曰:"此真可以说当世之君矣。"

于是乃摩燕乌集阙,见说赵王于华屋之下,抵掌⑦而谈。赵王大悦,封为武安君,受相印。革车百乘,绵绣千纯,白璧百双,黄金万溢⑧,以随其后;约从散横,以抑强秦。故苏秦相于赵而关不通。当此之时,天下之大,万民之众,王侯之威,谋臣之权,皆欲决苏秦之策。不费斗粮,未烦一兵,未战一士,未绝一弦,未折一矢,诸侯相亲,贤于兄弟。夫贤人在而天下服,一人用而天下从。故曰:式于政,不式于勇;式于廊庙之内,不式于四境之外。当秦之隆,黄金万溢为用,转毂连骑,炫熿⑨于道,山东之国,从风而服,使赵大重。且夫苏秦,特穷巷掘门桑户棬枢⑩之士耳,伏轼撙⑪衔,横历天下,廷说诸侯之王,杜左右之口,天下莫之能伉。

将说楚王,路过洛阳。父母闻之,清宫除道,张乐设饮,郊迎三十里。妻侧目而视,倾耳而听;嫂蛇行匍伏,四拜自跪而谢。苏秦曰:"嫂何前倨而后卑也?"嫂曰:"以季子之位尊而多金。"苏秦曰:"嗟乎! 贫穷则父母不子,富贵则亲戚畏惧。人生世上,势位富贵,盖可忽乎哉。"

注 译

①饬(chì):通"饰",粉饰。

②撞:击,刺。

③诎:同"屈",屈服。

④赢:缠绕。滕(téng):绑腿布。骄(juē):通"屩",草鞋。

⑤纤:纺织。

⑥期(jī)年:一年。

⑦抵掌:鼓掌,形容谈话很热烈、融洽。

⑧溢:同"镒",二十两为一镒。

⑨炫熿:同"炫煌",光辉耀眼的样子。

⑩椦(quān)枢:用树条圈起做门枢,形容居处简陋。

⑪撙(zǔn):勒住。

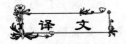

译 文

苏秦最初用连横的主张游说秦惠王说:"大王的国家,西临巴蜀、汉中等险要地势,北有胡地之貂毛,又有代地的良马可供使用,南有巫山黔中为屏障,东有殽、函这样能坚固防守的险关。田地肥美,百姓殷实富足,兵车万辆,勇士百万,土地辽阔,积蓄丰厚,地势险峻易守,这真是上天所赐的富饶的府库,雄据天下的强国啊。凭着大王的贤明,百姓的众多,又有训练有素的兵将,再加上车马的广为应用,要想并吞诸侯,称帝于天下,决不会费太大的力气。希望大王稍加关注,我请求为大王进一步陈述实现这个计划的方法。"

秦王说:"我听说:羽毛长得不够丰满的鸟儿,是飞不高的;法令不够完备,是不能使用刑罚的;道德不高尚的人,不能役使百姓;施行政令不顺利,不可以劳烦大臣。现在,你不远千里郑重其事地前来赐教,请改日再谈吧。"

苏秦说:"臣本来就担心大王不会采用我的主张。早先,神农攻打补遂,黄帝攻打涿鹿而生擒蚩尤,尧帝攻打欢兜,舜帝讨伐三苗,大禹讨伐共工,汤王讨伐夏桀,文王讨伐崇国,武王讨伐商纣,齐桓王因战功而称雄天下。从这些事实看,哪有不用武力就完成大业的呢? 从前,各国使者车辆穿梭,来回游说,互通信息,希望使天下统一起来;但自从合纵连横之说兴起以来,战事就从未停止,一波未平,一波又起;文人辩士都巧饰辞令,使得诸侯昏乱迷惑;引起诸多事端并发,以致到了难于治理的程度;法令规章越制定得完备,而老百姓对付的办法也就越多;文书典策越繁杂,百姓就越贫穷;君臣都困惑不解,百姓更没有了依靠;冠冕堂皇的道理,倒使兵戈战争愈演愈烈;盛装的辩士越多,战争就越发不能停息;繁絮博引的文辞越多,天下就更难于治理;说的人口干舌燥,听的人耳朵震聋,人们也看不见成功的希望;实行仁义,以诚信相约,天下就越加不能亲善。于是就弃仁行武,优待武士,制作盔甲,磨砺兵器,要用武力在战场上取胜。安安稳稳坐等,却想扩大领土,即使是古代的三皇五帝,明主贤君,坐等也是达不到目的的。于是就发动战争,以求奏效。两军相距远的,互相用战车攻击;距离近的,就剑戟相击,这样去建立伟大的功业。所以,军队在外取得了胜利,道

义在国内就能增加；在上的君主树立起威望，百姓自然就服从了。如今想兼并天下，超越和压倒大国，征服敌国，控制海内，使百姓像自己子女一样，使诸侯各国称臣臣服，就非使用武力不可。如今继承帝位的幼主，忽视这个道理，昏乱平庸，被花言巧语所迷惑，深陷于繁琐、冗长、空洞的言辞之中而不能自拔。照这样看，大王本来就不会采纳我的意见。"

苏秦上书十次游说秦王，都没得到采纳。他的黑貂皮裘破了，大量的金银资费用光了，经济拮据，于是他只好离开秦国而回家去。他缠着裹腿，脚穿草鞋，背着书囊，挑着行李，容颜憔悴，面色黄黑，显出惭愧的样子。回到家里，妻子不下织机相迎，嫂子不替他做饭，父母都不理睬他。苏秦慨叹说："妻子不把我当丈夫，嫂子不以我为小叔，父母不认我为儿子，这都是我的过错啊。"于是，他连夜翻检几十只书箱，找出姜太公的兵书《阴符经》，伏案苦读，选摘出要点，反复揣摩领会。读得发困时，就用锥刺股，致使鲜血一直流到他的脚上。他说："哪有去游说君王而不能使他拿出金玉锦绣，取得卿相的高贵地位的呢？"就在苦读满一年的时候，苏秦有了较深的领会，他说："现在可以去游说当今的君主了。"

苏秦于是就去燕乌集阙，在华丽的宫廷会见赵王，从容地给赵王陈述，说到高兴时还拍手击掌。赵王非常高兴，封他为武安君，授予相印。随后又赐给百辆兵车，锦缎千匹，一百双白璧，二十万两黄金，让他带着去游说六国，促成合纵，削弱瓦解连横，共同抵御秦国。因此，苏秦在赵国为相，六国与秦国就断绝了交往。这时，天下这样大，百姓这么多，王侯这么威严，谋臣权术这样多变，都取决于苏秦的策略。他没花一斗粮食，没用一点武力，没一兵一卒参战，没有折损一张弓弦，没有折损一支箭戟，诸侯各国就互相亲近，如兄弟般相处。这都是因为一人贤明而天下倾服，一人受重用而天下诸侯均服从。所以说，要运用政治，而不要用武力。要把国内的问题解决好，就不必在国外发动战争。当苏秦得势之时，黄金万镒都

归他使用,车轮飞奔,骑兵成行,一路随行,何等显赫威严。太行以东的各国都纷纷顺势而服从,使赵国地位大大提高,受到诸侯各国的尊重。再说苏秦,不过是出身于小街陋巷穷家小户的一介书生罢了,却乘车骑马,神气十足地周游天下,在朝廷游说于诸侯各国的君王,使得各国大臣哑口无言,无人与他相提并论。

苏秦将要去游说楚王时路过洛阳,他的父母听到这个消息,就赶紧收拾房子,打扫街道,设置音乐,备办酒席,到三十里外去迎接。他的妻子不敢正眼看他,只能侧目而视,侧耳而听;他的嫂子匍伏在地,自跪四拜而谢罪。苏秦问他嫂子说:"嫂子为什么以前那么傲慢,而现在这样卑屈呢?"嫂子回答说:"兄弟你有那么尊贵的地位,又那么多金银。"苏秦慨叹不已,说:"一个人贫穷了父母不把他当儿子;富贵了,亲戚都畏惧。人生在世,权势、名位和金钱财富,怎么可以忽视呢?"

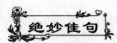
绝妙佳句

毛羽不丰满者,不可以高飞;文章不成者,不可以诛罚;道德不厚者,不可以使民;政教不顺者,不可以烦大臣。

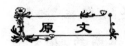

苏秦为赵合从

　　苏秦为赵合从，说楚威王①曰："楚，天下之强国也；大王，天下之贤王也。楚地西有黔中、巫郡②，东有夏州、海阳③，南有洞庭、苍梧④，北有汾陉之塞、郇阳⑤。地方五千里，带甲百万，车千乘，骑万匹，粟支十年，此霸王之资也。夫以楚之强与大王之贤，天下莫能当也。今乃欲西面而事秦，则诸侯莫不南面而朝于章台⑥之下矣。秦之所害于天下莫如楚，楚强则秦弱，楚弱则秦强，此其势不两立。故为王至计，莫如从亲以孤秦。大王不从亲，秦必起两军：一军出武关，一军下黔中。若此，则鄢、郢⑦动矣。臣闻治之其未乱，为之其未有也。患至而后忧之，则无及已。故愿大王之早计之。大王诚能听臣，臣请令山东之国，奉四时之献，以承大王之明制；委社稷⑧宗庙，练士厉兵⑨，在大王之所用之。大王诚能听臣之愚计，则韩、魏、齐、燕、赵、卫之妙音美人必充后宫矣，赵、代良马橐驼必实于外厩⑩。故从合则楚王，横成则秦帝。今释霸王之业，而有事人之名，臣窃为大王不取也。夫秦，虎狼之国也，有吞天下之心。秦，天下之仇雠⑪也，横人皆欲割诸侯之地以事秦，此所谓养仇而奉雠者也。夫为人臣而割其主之地，以外交强虎狼之秦，以侵天下，卒有秦患，不顾其祸。夫外挟强秦之威，以内劫其主，以求割地，大逆不忠，无过此者。故从亲，则诸侯割地以事楚;横合,则楚割地以事秦。此两策者,相去远矣,有亿兆⑫之数。两者大王何居焉? 故弊邑赵王,使臣效愚计,奉明约,在大王命之。"

楚王曰:"寡人之国,西与秦接境。秦有举巴蜀、并汉中之心。秦,虎狼之国,不可亲也。而韩、魏迫于秦患,不可与深谋,恐反人以入于秦,故谋未发而国已危矣。寡人自料,以楚当秦,未见胜焉。内与群臣谋,不足恃也。寡人卧不安席,食不甘味,心摇摇然如悬旌,而无所终薄。今主君欲一天下,安诸侯,存危国,寡人谨奉社稷以从。"

注 译

①楚威王:名商,宣王之子,公元前339—前329年在位。

②黔中:楚国郡名。辖境相当今湖南沅、澧流域,湖北清江流域,四川黔江流域及贵州东北之一部。巫郡:楚国郡名。郡治在今四川巫山县北,包括今湖北恩施市、巴东县、建始县一带。

③夏州:古地名。楚庄王平陈国夏征舒之乱,从陈国每乡取一人聚居于此,称夏州。地在今湖北汉阳北。海阳:古地名,地在今江苏泰州市。

④洞庭:在今湖南岳阳西南。苍梧:即九疑山,在今湖南宁远南。

⑤陉(xíng):山名,在今河南漯河市东。郇(xún)阳:楚邑,在今陕西旬阳东。

⑥章台:战国时秦渭南离宫台名,这里用作秦国的象征。

⑦鄢(yān):楚邑,在今湖北宜城东南。郢(yǐng):楚都,在今湖北江陵西北。

⑧社稷:国家。

⑨厉兵：磨砺兵器。厉，同"砺"。

⑩橐(tuó)驼：即骆驼。外厩(jiù)：马厩。

⑪雠(chóu)：仇敌。

⑫亿兆：比喻数目数不尽。

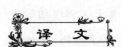

译文

　　苏秦为赵国组织合纵联盟，去游说楚威王，说："楚国是天下的强国，大王是天下的贤主。楚国西有黔中、巫郡，东有夏州、海阳，南有洞庭、苍梧，北有汾陉、郇阳。全国土地方圆五千里，战士百万，战车千辆，战马万匹，粮食可供十年，这是建立霸业的资本。凭楚国这样强大，大王这样贤能，真是天下无敌。可现在您却打算听命于秦国，那么诸侯必不会入朝楚国于章台之下了。秦国最引以为忧的莫过于楚国，楚国强盛则秦国削弱，楚国衰弱则秦国强大，楚、秦两国势不两立。所以为大王考虑，不如六国结成合纵联盟来孤立秦国。大王如果不组织六国合纵联盟，秦国必然会从两路进军：一路出武关，一路下汉中。这样，鄢、郢必然会引起震动。我听说：'平定天下，在它还未混乱时就要着手；做一件事，在未开始时就要做好准备。'祸患临头，然后才去发愁，那就来不及了。所以，我希望大王及早谋划。您真能听取我的意见，我可以让山东国四时都来进贡，奉行大王的诏令，将国家、宗庙都委托给楚国，还训练士兵，任大王使用。大王真能听从我的愚计，那么，韩、魏、齐、燕、赵、卫各国的歌女、美人必定会充满您的后宫，越国、代郡的良马、骆驼一定会充满您的马厩。因此，合纵联盟成功，楚国就可以称王；连横阵线成功，秦国就会称帝。现在您放弃称王、称霸的大业，反而落个'侍奉别人'的丑名，我私下实在不敢赞许大王的做法。秦国贪狠暴戾如同虎狼，有吞并六国的野心。秦国是诸侯的仇敌，而主张连横的人却想以割让诸侯土地去讨好秦国,这实在是所谓'奉养仇敌'的做法。作为人臣,以损失自己国家的领土为代价,交结强暴如虎狼的秦国,去侵略诸侯,终致招来秦国的忧患,还不顾其祸害。至于对外依靠强秦的威势,对内胁迫自己的国君,丧失国土,大逆不道,为国不忠,就再没有比这更甚的了。所以,合纵联盟成功,诸侯就会割地听从楚国;连横阵线成功,楚国就得割地听从秦国。合纵与连横这两大谋略,相差十万八千里。对两者大王到底如何取舍呢?因此,敝国国君赵王特派我为大王献此愚计,并遵守盟约,任凭您决定。"

楚王说:"我的国家,西边与秦国相接,秦国有夺取巴蜀,吞并汉中的野心,秦国贪狠暴戾如同虎狼,不可能和它友好。而韩、魏两国迫于秦国的威胁,又不能和他们深谋,如果和他们深谋,恐怕他们反会投入秦国的怀抱。这样,计谋还没有付诸实行,楚国就会大祸临头了。我自己考虑,单凭楚国来对抗秦国,未必能够取得胜利。在国内我与群臣谋划,也是靠不住的。我觉也睡不安,饭也吃不香,心神不安,如旗子飘荡不定,终无所托。现在您想统一天下,安定诸侯,拯救危国,我完全同意参加合纵联盟。"

绝妙佳句

楚强则秦弱,楚弱则秦强,此其势不两立。

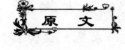

冯谖客孟尝君

齐人有冯谖①者,贫乏不能自存,使人属孟尝君②,愿寄食门下。孟尝君曰:"客何好?"曰:"客无好也。"曰:"客何能?"曰:"客无能也。"孟尝君笑而受之,曰:"诺。"

左右以君贱之也,食以草具③。居有顷,倚柱弹其剑,歌曰:"长铗归来乎,食无鱼!"左右以告。孟尝君曰:"食之,比门下之客。"居有顷,复弹其铗,歌曰:"长铗归来乎,出无车!"左右皆笑之,以告。孟尝君曰:"为之驾,比门下之车客。"于是乘其车,揭其剑,过其友曰:"孟尝君客我。"后有顷,复弹其剑铗,歌曰:"长铗归来乎,无以为家!"左右皆恶之,以为贪而不知足。孟尝君问:"冯公有亲乎?"对曰:"有老母。"孟尝君使人给其食用,无使乏。于是冯谖不复歌。

后孟尝君出记,问门下请客:"谁习计会④,能为文收责于薛⑤者乎?"冯谖署曰:"能。"孟尝君怪之,曰:"此谁也?"左右曰:"乃歌夫'长铗归来'者也。"孟尝君笑曰:"客果有能也,吾负之,未尝见也。"请而见之,谢曰:"文倦于事,愦⑥于忧,而性懧愚,沉于国家之事,开罪于先生。先生不羞,乃有意欲为收责于薛乎?"冯谖曰:"愿之。"于是约⑦车治装,载券契⑧而行,辞曰:"责毕收,以何市而反⑨?"孟尝君曰:"视吾家所寡有者。"

95

驱而之薛,使吏召诸民当偿者,悉来合券。券遍合,起,矫命⑩以责赐诸民,因烧其券,民称万岁。长驱到齐,晨而求见。孟尝君怪其疾也,衣冠而见之,曰:"责毕收乎?来何疾也!"曰:"收毕矣。""以何市而反?"冯谖曰:"君云'视吾家所寡有者',臣窃计,君宫中积珍宝,狗马实外厩,美人充下陈⑪,君家所寡有者以义耳。窃以为君市义。"孟尝君曰:"市义奈何?"曰:"今君有区区之薛,不拊爱子其民⑫,因而贾利之。臣窃矫君命,以责赐诸民,因烧其券,民称万岁。乃臣所以为君市义也。"孟尝君不说⑬,曰:"诺,先生休矣!"

后期年⑭,齐王谓孟尝君曰:"寡人不敢以先王之臣为臣。"孟尝君就国于薛,未至百里,民扶老携幼,迎君道中。孟尝君顾谓冯谖曰:"先生所为文市义者,乃今日见之。"

冯谖曰:"狡兔有三窟,仅得免其死耳。今君有一窟,未得高枕而卧也。请君复凿二窟。"孟尝君予车五十乘,金五百斤,西游于梁⑮,谓惠王曰:"齐放其大臣孟尝君于诸侯,诸侯先迎之者,富而兵强。"于是梁王虚上位,以故相为上将军,遣使者,黄金千斤,车百乘,往聘孟尝君。冯谖先驱诫孟尝君曰:"千金,重币也;百乘,显使也。齐其闻之矣。"梁使三反,孟尝君固辞不往也。

齐王闻之,君臣恐惧,遣太傅赍⑯黄金千斤,文车二驷,服剑一,封书谢孟尝君曰:"寡人不祥,被于宗庙⑰之祟,沉于谄谀之言,开罪于君,寡人不足为也。愿君顾先王之宗庙,姑反国统万人乎!"冯谖诫孟尝君曰:"愿请先王之祭器,立宗庙于薛。"庙成,还报孟尝君曰:"三窟已就,君姑高枕为乐矣。"

孟尝君为相数十年，无纤介⑱之祸者，冯谖之计也。

奇谋韬略

注 译

①冯谖(xuān)：齐国策士，孟尝君的门客。

②属：通"嘱"，叮嘱，求告。孟尝君：姓田，名文，孟尝君为其号，齐威王之孙，袭其父田婴之封邑于薛，因此又称薛公。

③草具：指粗劣的食物。

④习：熟习，通晓。计会：会计。

⑤责：同"债"。薛：本为任姓古国。先居薛(今山东滕县南)，春秋后期被齐国迫迁至下邳(今江苏邳县西南)，最后为齐国所灭，战国时为齐邑。齐闵王三年，封其叔田婴于薛。

⑥愦(kuì)：昏乱。

⑦约：缠束，这里指把马套上车。

⑧券契：指放债的凭证。券分为两半，双方各执其一，履行契约时拼而相契合，即下文所说"合券"。

⑨市：购买。反：同"返"。

⑩矫命：假托命令。

⑪下陈：堂下，台阶之下。

⑫拊：同"抚"。子：用作动词。子其民：视其民为子。

⑬说：同"悦"，高兴。

⑭期年：一年。

⑮梁：即魏国。当时都大梁(今河南开封)。

⑯太傅：春秋时晋国始置，其职为辅弼国君。赍(jī)：持有，携带。

⑰被：遭受。宗庙：古代祭祀祖先的处所。这里借指祖先。

⑱纤介：纤维草芥，比喻细微。介，通"芥"。

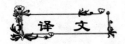

译 文

　　齐国有位名叫冯谖的人，生活贫困，养活不了自己，他让人转告孟尝君，说愿意到孟尝君门下做食客。孟尝君问："冯谖有何爱好？"回答说："没有什么爱好。"又问："他有何才干？"回答说："没什么才能。"孟尝君笑了笑，说道："好吧。"就收留了冯谖。

　　那些手下的人因为孟尝君看不起冯谖，所以只给他粗茶谈饭吃。过了没多久，冯谖靠着柱子，用手指弹着他的佩剑唱道："长铗啊，咱们还是回去吧，这儿没有鱼吃啊！"手下的人把这事告诉了孟尝君。孟尝君说："就照一般食客那样给他吃吧。"又过了没多久，冯谖又靠着柱子，弹着剑唱道："长铗啊，咱们还是回去吧，这儿出门连车也没有！"左右的人都笑他，又把这话告诉了孟尝君。孟尝君说："照别的门客那样给他备车吧。"于是冯谖坐着车子，举起宝剑去拜访他的朋友，并且说道："孟尝君把我当客人一样哩！"后来又过了些时日，冯谖又弹起他的剑唱道："长铗啊，咱们还是回去吧，在这儿无法养家。"左右的人都很讨厌他，认为这人贪心不足。孟尝君知道后就问："冯先生有亲属吗？"回答说："有位老母。"孟尝君就派人供给冯谖母亲的吃用，不使她感到缺乏。这样，冯谖就不再唱了。

　　后来，孟尝君拿出记事的本子来询问他的门客："谁熟习会计的事，能为我到薛地收债？"冯谖在本上署了自己的名，并签上一个"能"字。孟尝君见了名字感到很惊奇，问："这是谁呀？"左右的人说："就是唱那'长铗归来'的人。"孟尝君笑道："这位客人果真有才能，我亏待了他，还没见过面呢！"他立即派人请冯谖来相见，当面赔礼道："我被琐事搞得精疲力竭，被忧虑搅得心烦意乱；加之我懦弱无能，整天埋在国家大事之中，以致怠慢了您，

文学常识丛书

而您却并不见怪,倒愿意往薛地去为我收债,是吗?"冯谖回答道:"愿意去。"于是套好车马,整治行装,载上契约票据动身了。辞行的时候冯谖问:"债收完了,买什么回来?"孟尝君说:"您就看我家里缺什么吧。"

冯谖赶着车到薛,派官吏把该还债务的百姓找来核验契据。核验完毕后,他假托孟尝君的命令,把所有的债款赏赐给欠债人,并当场把债券烧掉,百姓都高呼"万岁"。冯谖赶着车,马不停蹄,直奔齐都,清晨就求见孟尝君。冯谖回得如此迅速,孟尝君感到很奇怪,立即穿好衣、戴好帽,去见他,问道:"债都收完了吗?怎么回得这么快?"冯谖说:"都收了。""买什么回来了?"孟尝君问。冯谖回答道:"您曾说'看我家缺什么',我私下考虑您宫中积满珍珠宝贝,外面马房多的是猎狗、骏马,后庭多的是美女,您家里所缺的只不过是仁义罢了,所以我用债款为您买了仁义。"孟尝君道:"买仁义是怎么回事?"冯谖道:"现在您不过有块小小的薛地,如果不抚爱百姓,视民如子,而用商贾之道向人民图利,这怎行呢?因此我擅自假造您的命令,把债款赏赐给百姓,顺便烧掉了契据,以至百姓欢呼'万岁',这就是我用来为您买仁义的方式啊。"孟尝君听后很不快地说:"嗯,先生,算了吧。"

过了一年,齐闵王对孟尝君说:"我可不敢把先王的臣子当作我的臣子。"孟尝君只好到他的领地薛去。还差百里未到,薛地的人民扶老携幼,都在路旁迎接孟尝君到来。孟尝君见此情景,回头看着冯谖道:"您为我买的仁义,今天才见到作用了。"

冯谖说:"狡猾机灵的兔子有三个洞才能免遭死患,现在您只有一个洞,还不能高枕无忧,请让我再去为您挖两个洞吧。"孟尝君应允了,就给了五十辆车子,五百斤黄金。冯谖往西到了魏国,他对惠王说:"现在齐国把他的大臣孟尝君放逐到国外去,哪位诸侯先迎住他,就可使自己的国家富庶强盛。"于是惠王把相位空出来,把原来的相国调为上将军,并派使者带着千斤黄金、百辆车子去聘请孟尝君。冯谖先赶车回去,告诫孟尝君说:

"黄金千斤，这是很重的聘礼了；百辆车子，这算显贵的使臣了。齐国君臣大概听说这事了吧。"魏国的使臣往返了三次，孟尝君坚决推辞而不去魏国。

齐闵王果然听到这一消息，君臣上下十分惊恐。于是连忙派太傅拿着千斤黄金，驾着两辆四匹马拉的绘有文采的车子，带上一把佩剑，并向孟尝君致书谢罪说："由于我不好，遭到祖宗降下的灾祸，又被身边阿谀逢迎的臣下包围，所以得罪了您，我是不值得您帮助的。但希望您顾念齐国先王的宗庙，暂且回国都来治理国事吧。"冯谖又告诫孟尝君道："希望你向齐王请求先王传下来的祭器，在薛建立宗庙。"（齐王果然照办。）宗庙建成后，冯谖回报孟尝君："现在三个洞已经营造好，您可以高枕无忧了。"

孟尝君在齐当了几十年相国，没有遭到丝毫祸患，这都是冯谖计谋的结果啊！

狡兔有三窟，仅得免其死耳。

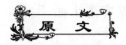

秦王使人谓安陵君

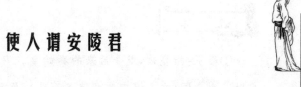

秦王使人谓安陵君①曰:"寡人欲以五百里之地易②安陵,安陵君其许寡人!"安陵君曰:"大王加惠,以大易小,甚善;虽然,受地于先王,愿终守之,弗敢易!"秦王不说③。安陵君因使唐雎使于秦。

秦王谓唐雎曰:"寡人以五百里之地易安陵,安陵君不听寡人,何也?且秦灭韩亡魏,而君以五十里之地存者,以君为长者,故不错意④也。今吾以十倍之地,请广于君,而君逆寡人者,轻寡人与⑤?"唐雎对曰:"否,非若是也。安陵君受地于先王而守之,虽千里不敢易也,岂直⑥五百里哉?"

秦王怫然⑦怒,谓唐雎曰:"公亦尝闻天子之怒乎?"唐雎对曰:"臣未尝闻也。"秦王曰:"天子之怒,伏尸百万,流血千里。"唐雎曰:"大王尝闻布衣⑧之怒乎?"秦王曰:"布衣之怒,亦免冠徒跣⑨,以头抢地尔。"唐雎曰:"此庸夫⑩之怒也,非士⑪之怒也。夫专诸⑫之刺王僚也,彗星袭月;聂政⑬之刺韩傀也,白虹贯日;要离之刺庆忌⑭也,仓⑮鹰击于殿上。此三子者,皆布衣之士也,怀怒未发,休祲⑯降于天,与臣而将四矣。若士必怒,伏尸二人,流血五步,天下缟素⑰,今日是也。"挺剑而起。

秦王色挠,长跪而谢⑱之曰:"先生坐!何至于此!寡人谕⑲

矣：夫韩、魏灭亡，而安陵以五十里之地存者，徒以有先生也。"

①秦王：指嬴政，就是后来的秦始皇。安陵君：安陵国的国君。安陵是当时一个小国（在今河南省鄢陵县西北），原是魏国的附庸。魏襄王封其弟为安陵君。

②易：交换。

③说：同"悦"，高兴。

④错意：注意。错，同"措"。这是说不打安陵君的主意。

⑤与：语气助词，同"欤"，相当于"吗"。

⑥岂直：难道只是。

⑦怫(fú)然：愤怒的样子。

⑧布衣：平民，穿布衣服，所以称布衣。

⑨冠：帽子。跣(xiǎn)：赤脚。

⑩庸夫：平庸无能的人。

⑪士：这里指有才能有胆识的人。

⑫专诸：春秋时期吴国人。王僚是吴国国君。公子光想杀王僚自立，就使专诸把匕首藏在鱼肚子里，在献鱼时，刺杀了王僚。

⑬聂政：战国时韩国人。韩傀(一名侠累)是韩国的国相。韩国的大夫严仲子同韩傀有仇，就请聂政去把韩傀刺杀了。

⑭庆忌：吴王僚的儿子。公子光杀死王僚以后，庆忌逃到卫国，公子光派要离去把他杀了。

⑮仓：同"苍"。

⑯休祲(jìn)：吉凶的征兆。休，吉祥。祲，不祥。

⑰缟（gǎo）素：白色的丝织品。这里指穿孝服。

⑱长跪：古人席地而坐，坐时两膝着地，臀部靠在脚跟上。跪时耸身挺腰，身体看上去比坐着时长了一些，所以叫"长跪"。谢：道歉。

⑲谕：明白，懂得。

译　文

　　秦王派人对安陵君说："我要用方圆五百里的土地交换安陵，安陵君可要答应我！"安陵君说："大王给予恩惠，用大的交换小的，很好；虽然如此，但我从先王那里接受了封地，愿意始终守卫它，不敢交换！"秦王不高兴。安陵君因此派唐雎出使到秦国。

　　秦王对唐雎说："我用方圆五百里的土地交换安陵，安陵君不听从我，为什么呢？况且秦国灭亡韩国和魏国，然而安陵君却凭借方圆五十里的土地幸存下来，是因为我把安陵君当作忠厚老实的人，所以不加注意。现在我用十倍的土地，让安陵君扩大领土，但是他违背我的意愿，难道不是轻视我吗？"唐雎回答说："不，不是这样的。安陵君从先王那里接受了封地并且保卫它，即使是方圆千里的土地也不敢交换，难道仅仅用五百里的土地就能交换吗？"

　　秦王气势汹汹地发怒了，对唐雎说："您也曾听说过天子发怒吗？"唐雎回答说："我未曾听说过。"秦王说："天子发怒，使百万尸体倒下，使血流千里。"唐雎说："大王曾经听说过普通平民发怒吗？"秦王说："普通平民发怒，也不过是摘掉帽子赤着脚，用头撞地罢了。"唐雎说："这是见识浅薄的人发怒，不是有胆识的人发怒。从前，专诸刺杀吴王僚的时候，彗星的光芒冲击了月亮，聂政刺杀韩傀的时候，一般白色的云气穿过太阳；要离刺杀庆忌的时候，苍鹰突然扑击到宫殿上。这三个人都是出身平民的有胆识的人，心里的怒气还没发作,祸福的征兆就从天上降下来了,现在,专诸、聂政、要离同我一起将要成为四个人了。如果有志气的人一定发怒,就要使两个人的尸体倒下,使血只流五步远,全国人民都是要穿孝服,今天就是这样。"于是拔出宝剑站立起来。

秦王的脸色马上变软和了,长跪着向唐雎道歉说:"先生请坐!为什么要这样呢!我明白了:为什么韩国、魏国灭亡,然而安陵却凭借五十里的土地却幸存下来,只是因为有先生啊。"

绝妙佳句

天子之怒,伏尸百万,流血千里。

作者简介

司马迁(公元前145—前90年),字子长,左冯翊夏阳(今陕西韩城西南)人,西汉史学家、文学家。

司马迁10岁开始学习古文书传。约在汉武帝元光、元朔年间,向今文家董仲舒学《公羊春秋》,又向古文家孔安国学《古文尚书》。20岁时,从京师长安南下漫游,足迹遍及江淮流域和中原地区,所到之处考察风俗,采集传说。不久官为郎中,成为汉武帝的侍卫和扈从,多次随驾西巡,曾出使巴蜀。

元封三年(公元前108年),司马迁继承其父司马谈之职,任太史令,掌管天文历法及皇家图籍,因而得读史官所藏图书。太初元年(公元前104年),与唐都、落下闳等共订《太初历》,以代替由秦沿袭下来的《颛顼历》,新历适应了当时社会的需要。

此后,司马迁开始撰写史记。后因替投降匈奴的李陵辩护,获罪下狱,受腐刑。出狱后任中书令,继续发愤著书,终于完成了《史记》的撰写。它是中国第一部纪传体通史,对后世史学影响深远。

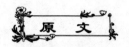

孙膑减灶

魏与赵攻韩,韩告急于齐。齐使田忌将而往,直走大梁。魏将庞涓闻之,去韩而归,齐军既已过而西矣。孙子谓田忌曰:"彼三晋①之兵素悍勇而轻齐,齐号为怯,善战者因其势而利导之。兵法,百里而趣利者蹶上将②,五十里而趣利者军半至。使齐军入魏地为十万灶,明日为五万灶,又明日为三万灶。"庞涓行三日,大喜,曰:"我固知齐军怯,入吾地三日,士卒亡者过半矣。"乃弃其步军,与其轻锐倍日并行③逐之。

孙子度④其行,暮当至马陵⑤。马陵道陕,而旁多阻隘,可伏兵,乃斫大树白⑥而书之曰"庞涓死于此树之下"。于是令齐军善射者万弩⑦,夹道而伏,期⑧曰"暮见火举而俱发"。庞涓果夜至斫木下,见白书,乃钻火烛之。读其书未毕,齐军万弩俱发,魏军大乱相失⑨。庞涓自知智穷兵败,乃自刭⑩,曰:"遂成竖子⑪之名!"齐因乘胜尽破其军,虏魏太子申⑫以归。孙膑以此名显天下,世传其兵法。

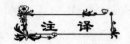

①三晋:韩、赵、魏,这里主要指魏国。

②趣：同"趋"，趋向，奔向。蹶（jué）：折损。上将：即上将军，战国以来，上将军是最高的军事统帅。

③轻锐：轻兵锐卒，指速度快、体力好的士兵。倍日并行：缩短日期加快行程。

④度（duó）：揣度，估计。

⑤马陵：齐地，在今河北大名东南，一说在今山东莘县西南（二说地点相近）。

⑥斫（zhuó）：用刀斧砍削。白：指削去树皮露出的白木。

⑦弩：一种用弩机控制发射的弓。

⑧期：约定。

⑨相失：指队形被打乱，士兵失去各自的相对位置，彼此不相连属。古代行军、宿营、作战都有固定队形，失去队形则不能作战。

⑩自刭（jīng）：割颈自杀。

⑪竖子：骂人的话，犹言小子。

⑫魏太子申：魏惠王之太子，太子申被虏，死于齐。

译文

魏国和赵国攻打韩国，韩国向齐国告急。齐国派田忌率兵前往，直奔大梁。魏将庞涓听到消息，放下韩国赶回，但齐军已经越过齐境而西进。孙子对田忌说："他们三晋的军队素来慄悍勇武而看不起齐国，齐国有怯懦的名声，善于作战的人只能因势利导。兵法上说，行军百里与敌争利会损失上将军，行军五十里而与敌争利只有一半人能赶到。（为了让魏军以为齐军大量掉队，）应使齐军进入魏国境内后先设十万个灶，过一天设五万个灶，再过一天设三万个灶。"庞涓行军三天，见到齐军所留灶迹，非常高兴，说："我本来就知道齐军怯懦，入我境内三天，士兵已经逃跑了一大半。"所以丢下步兵，只率轻兵锐卒，用加倍的速度追赶齐军。

孙子估计魏军的行军速度，天黑应当赶到马陵。马陵道路狭窄，旁多险阻，可以埋伏兵马，于是把一棵大树削去树皮，露出白木，在上面写上"庞涓死于此树之下"。然后命齐军善射者持上万张弩，埋伏在道路两旁，约定好"天黑见到点着的火就一起放箭"。庞涓果然于夜晚来到削去树皮的大树下，看见树上写着字，便钻木取火来照明。字还没有读完，齐军万弩齐发，魏军大乱失去队形。庞涓自知无计可施，军队已彻底失败，只好自刭，临死说："总算叫这小子成了名！"齐国乃乘胜全歼魏军，俘虏了魏太子申回国，孙膑因此而名扬天下，世人皆传习他的兵法。

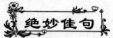

绝妙佳句

百里而趣利者蹶上将，五十里而趣利者军半至。

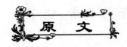

信陵君窃符救赵

魏公子无忌者，魏昭王①少子，而魏安釐王②异母弟也。昭王薨，安釐王即位，封公子为信陵君。

公子为人，仁而下士，士无贤不肖③，皆谦而礼交之，不敢以其富贵骄士。士以此方数千里争往归之，致④食客三千人。当是时，诸侯以公子贤，多客，不敢加兵谋魏十余年。

魏有隐士曰侯嬴，年七十，家贫，为大梁夷门监者⑤。公子闻之，往请⑥，欲厚遗⑦之，不肯受，曰："臣修身洁行数十年，终不以监门困故而受公子财。"公子于是乃置酒大会宾客。坐定，公子从车骑，虚左⑧，自迎夷门侯生。侯生摄敝⑨衣冠，直上载公子上坐，不让，欲以观公子。公子执辔⑩愈恭。侯生又谓公子曰："臣有客在市屠中，愿枉车骑过⑪之。"公子引车入市。侯生下，见其客朱亥，俾倪⑫，故久立与其客语。微察⑬公子，公子颜色愈和⑭。当是时，魏将相宗室宾客满堂，待公子举酒；市人皆观公子执辔，从骑皆窃骂侯生。侯生视公子色终不变，乃谢客就车⑮。至家，公子引侯生坐上坐，遍赞宾客，宾客皆惊。酒酣，公子起，为寿⑯侯生前。侯生因谓公子曰："今日嬴之为公子亦足矣！嬴乃夷门抱关者⑰也，而公子亲枉车骑，自迎嬴于众人广坐之中，不宜有所过，今公子故过之。然嬴欲就公子之名，故久立公子车骑市中，过客，以观公子，公子愈恭。市人皆以嬴为小人，而以公子为长者，能下士也。”于是罢酒。侯生遂为上客。

侯生谓公子曰：“臣所过屠者朱亥，此子贤者，世莫能知，故隐屠间耳。”公子往，数请⑱之，朱亥故不复谢。公子怪之。

魏安釐王二十年，秦昭王已破赵长平⑲军，又进兵围邯郸。公子姊为赵惠文王弟平原君⑳夫人，数遗魏王及公子书，请救于魏。魏王使将军晋鄙将十万众救赵。秦王使使者告魏王曰：“吾攻赵，旦暮且下；而诸侯敢救者，已拔赵，必移兵先击之！”魏王恐，使人止晋鄙，留军壁邺㉑，名为救赵，实持两端以观望。

平原君使者冠盖相属㉒于魏，让㉓魏公子曰：“胜所以自附为婚姻者，以公子之高义，为能急人之困。今邯郸旦暮降秦，而魏救不至，安在公子能急人之困也！且公子纵轻胜，弃之降秦，独不怜公子姊邪？”公子患之，数请魏王，及宾客辩士说王万端。魏王畏秦，终不听公子。

公子自度终不能得之于王，计不独生而令赵亡，乃请宾客，约车骑百余乘，欲以客往赴秦军，与赵俱死。行过夷门，见侯生，具告以欲死秦军状。辞决㉔而行。侯生曰：“公子勉之矣！老臣不能从。”公子行数里，心不快，曰：“吾所以待侯生者备矣，天下莫不闻；今吾且死，而侯生曾无一言半辞送我，我岂有所失哉！”复引车还问侯生。侯生笑曰：“吾固知公子之还也。”曰：“公子喜士，名闻天下，今有难，无他端，而欲赴秦军，譬若以肉投馁㉕虎，何功之有哉？尚安㉖事客！然公子遇臣厚，公子往而臣不送，以是知公子恨之复返也。”公子再拜，因问。侯生乃屏人间语曰：“嬴闻晋鄙之兵符㉗常在王卧内，而如姬最幸㉘，出入王卧内，力能窃之。嬴闻如姬父为人所杀，如姬资之三年，自王以下，欲求报其父仇，莫能得。如姬为公子泣，公子使客斩其仇头，敬进如姬。如姬之欲为公子死，无所辞，顾未有路耳。公子诚一开口请如姬，如姬必许诺，则得虎符，夺晋鄙军，北救赵而西却秦，此五霸之伐也。"公子从其计，请如姬。如姬果盗兵符与公子。

公子行，侯生曰："将在外，主令有所不受，以便国家。公子即合符㉙，而晋鄙不授公子兵，而复请之，事必危矣，臣客屠者朱亥可与俱。此人力士，晋鄙听，大善；不听，可使击之。"于是公子泣。侯生曰："公子畏死邪？何泣也？"公子曰："晋鄙嚄唶宿将㉚，往恐不听，必当杀之，是以泣耳，岂畏死哉！"于是公子请朱亥。朱亥笑曰："臣乃市井鼓刀㉛屠者，而公子亲数存之，所以不报谢者，以为小礼无所用。今公子有急，此乃臣效命之秋也。"遂与公子俱。公子过谢侯生。侯生曰："臣宜从，老不能，请数公子行日，以至晋鄙军之日北乡自刭㉜，以送公子！"

公子遂行。至邺，矫㉝魏王令代晋鄙。晋鄙合符。疑之，举手视公子，曰："今吾拥十万之众，屯于境上，国之重任。今单车来代之，何如哉？"欲无听。朱亥袖四十斤铁椎㉞，椎杀晋鄙。

公子遂将晋鄙军。勒兵，下令军中，曰："父子俱在军中，父归。兄弟俱在军中，兄归。独子无兄弟，归养。"得选兵㉟八万人，进兵击秦军，秦军解去，遂救邯郸，存赵。赵王及平原自迎公子于界，平原君负鞴矢为公子先引㊱。赵王再拜曰："自古贤人，未有及公子者也！"当此之时，平原君不敢自比于人。

公子与侯生决，至军，侯生果北乡自刭。

魏王怒公子之盗其兵符，矫杀晋鄙，公子亦自知也。已却秦存赵，使将将其军归魏，而公子独与客留赵。

注译

①魏昭王：名遫(sù)，魏襄王之子，在位19年（公元前295—前277年）。

②魏安釐王：名圉(yǔ)，在位24年（公元前276—前243年）。

③不肖：不贤，不才。

④致：招引，招来。

⑤大梁，今河南省开封市。夷门：大梁的东门名。监者：这里指守城门的人。

⑥往请：前去问候。

⑦遗(wèi)：赠送。

⑧虚左：空出左边的位置。古礼以左为尊。

⑨摄：整理，整顿。敝：破旧。

⑩执辔(pèi)：指驾车。辔，马缰绳。

⑪枉：曲，引申为屈就，劳驾。过：过访，拜访。

⑫俾倪(pìnì)：同"睥睨"，斜视的样子。

⑬微察：暗中观察。微，微细、隐蔽。

⑭颜色：脸色，神态。和：和悦，温和。

⑮谢：辞别。客：指朱亥。就车：登车。

⑯为寿：敬酒祝寿。

⑰抱关者：指监门者。关，门闩。

⑱数请：屡次问候。

⑲秦昭王:即秦昭襄王,名则。长平:在今山西省高平县西北。

⑳平原君:赵胜,著名的战国四公子之一。封于平原(今山东德县南)。

㉑留军:军队停止前进。壁:营垒。这里用如动词,絷营、驻屯。邺(yè):魏国邑名,靠近赵国边境,故城在今河北省临漳县西。

㉒冠:礼帽。盖:车盖。冠盖:代指官员。属:连接。意即前来求救的使臣连续不断。

㉓让:责备,埋怨。

㉔辞决:辞别。决,同"诀"。

㉕馁(něi):饿。

㉖尚:还。安:何,哪里。

㉗兵符:古代调遣军马的凭证,用铜铸成,中分为二,将领与君王各执一半,传达新命令时,以合符为凭验。

㉘如姬:魏王的宠姬。幸:宠爱。

㉙即:即使,纵然。合符:兵符相合。

㉚嚄唶(huòzè):气势很盛的样子。宿将:老将。

㉛市井:商贾所居的地方。鼓刀:操刀。

㉜北乡:向北。乡,同"向"。刭(jǐng):用刀割脖子。

㉝矫:假传,假造。

㉞袖:动词,藏在袖中。椎:同"锤"。

㉟选兵:精选之兵。

㊱韊精(lán):箭袋。矢:箭。先引:在前带路。

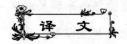

译　文

　　魏国的公子无忌,是魏昭王的小儿子,也是魏安釐王的(同父)异母的弟弟。昭王死后,安釐王即位,封公子为信陵君。

公子的为人,心性仁厚而又能谦逊地对待士人。无论士人的才能高低,公子都谦虚地以礼相待,不敢因自己富贵而对人骄傲。因此,周围几千里以内的士人都争着来依附他,招来宾客三千多人。在那个时候,各诸侯因为公子贤能,宾客多,有十多年都不敢出兵谋取魏国。

魏国有一位隐士名叫侯嬴,七十岁了,家境很穷,做大梁城夷门看守的小吏。公子听说有这么一个人,叫人去问候他,想要送他一份厚礼。(侯嬴)不肯受,说:"我几十年来修养品德,纯洁操守,决不会因为看守城门穷困的缘故,而接受公子的财物。"于是公子办了酒席,大会宾客。坐定以后,公子带着车马,空着车上左边的座位,亲自去迎接夷门的侯生。侯生整理一下他的破旧衣帽,径直走上车去坐在公子的上座,毫不谦让,想借此来窥测公子的态度。公子握着驭马的缰绳,更加恭敬。侯生又对公子说:"我有个朋友在街上肉市内,希望委屈(您的)车马(跟我绕绕道去)拜访他。"公子驾着车到街市上去。侯生从车上下来,会见他的朋友朱亥,一副目中无人的样子,故意长时间站着跟他的朋友谈话。暗中观察公子,(但)公子的脸色更加显得温和。当时,魏国的将相宗室和宾客坐满堂上,等着公子来开宴;(这边)街市上人们都看着公子亲自执辔,跟随公子的骑马的卫士都暗中骂侯生。侯生看公子的颜色始终不变,才辞别了朋友上车。到了公子家中,公子把侯生让到上座,向每位宾客介绍,宾客都很吃惊。喝酒喝到痛快时,公子站起来,到侯生面前,举杯为他祝寿。侯生借机对公子说:"今天我把您也难为够了!我不过是一个夷门看守,但公子亲自委屈车马,到人多广座之中迎接我,(我本来)不该再去访问别人,(可是)今天您却特意地(陪我)去拜访朱亥。然而我想要成就您的爱士之名,故意使您的车骑长时间地停在街市上,(又去)拜访朋友,借此来观察您,(而)您却越加恭敬。街市中人都把我看作小人,而认为您是长者,能谦恭下士啊!"酒宴完毕,侯生就成了公子府的长客。

侯生对公子说:"我拜访的那个屠户朱亥,这人是个贤人,一般人不了解他,因此才埋没在屠户中间。"公子几次去拜访他,朱亥故意不回拜。公子觉得他很奇怪。

魏安釐王二十年,秦昭王已经攻破了赵国在长平的驻军,又进兵围邯郸。魏公子的姐姐是赵惠文王弟弟平原君的夫人,几次派人送信给魏王和公子,向魏国请救。魏王派将军晋鄙率领十万大军去救赵。秦王遣使者告诉魏王说:"我攻打赵国,很快就要攻下;诸侯有敢救赵国的,待我攻取了赵国,一定调动兵力先进攻他。"魏王害怕了,派人去阻止晋鄙,叫他停止进军。暂驻在邺地,名为救赵,实际是抱着观望秦赵两国形势的态度。

平原君派出的使者络绎不绝地到魏国来,责备魏公子说:"我所以自愿同魏国结为婚姻,是因为您行为高尚,讲义气,能够解救别人的困难。现在邯郸早晚都要投降秦国了,而魏国的救兵不来,您为别人的困难而焦急表现在哪里呢?况且您即使瞧不起我,抛弃我,让我去投降秦国,难道您就不怜爱您的姐姐吗?"公子很忧虑这件事,屡次请求魏王(出兵),并让自己门的宾客辩士用各种理由去劝说魏王。魏王怕秦国,始终不听公子的请求。

公子自己估计,恐怕终不能得到魏王的允许了,他决计不独自苟存而使赵国灭亡,于是请求宾客们凑集了车骑一百多乘,要带着门客同秦军拼命,与赵国共存亡。走过夷门时拜门了侯生,把他打算去同秦军拼命的计划都告诉了侯生。(以必死的)言语告别而行。侯生说:"公子好好努力去做吧,我不能跟从您。"公子走了几里路,心里不痛快,说:"我待侯生,礼貌也够周到了,天下没有人不知道;现在我要去死,侯生却没有一句半句话送我,难道我还有没有做到的地方吗?"他又驾着车子回来问侯生。侯生笑着说:"我就知道您要回来的啊。"(他接着)说:"公子喜爱士人,名闻天下。现在有了危难,没有别的办法,却只打算跟秦军拼命,这就好像拿肉去投给饿虎,那会有什么成效呢?(您)还要这些宾客做什么用呢!可是公子您待我特别恩厚,公子去了,我却不给您临别赠言,因此我知公子心里怪我,定会回来的。"公子向他连拜两拜,就向他请教。侯生于是遣开旁人,悄悄地对公子说"我听说晋鄙的兵符常在魏王卧室之内,而如姬最受宠爱,(经常)出入于魏王的卧室中,(她)有机会能偷得兵符。我又听说如姬的父亲被人杀害,如姬悬赏已经三年了,从魏王以下,想找到(替她)报杀父之仇(的人),没有找到。后来如姬对公子哭泣,公子就派门客斩了她仇人的头,恭敬地献给如姬。如姬愿意为公子出死力,决不会推辞,只是没有机会罢了。公子如果一开口请求如姬,如姬一定答应,那就可以得到虎符,把晋鄙的军队夺到手里,北边去救赵国,西边击退强秦,这是五霸一般的功业啊。"公子听从他的计划,向如姬请求,如姬果然盗得兵符交给公子。

公子要走了,侯生说:"大将在外,君王的命令有的(可以)不接受,为了对国家便利。公子即使合上了兵符,但晋鄙不把兵权交给公子,又去向魏王请示,事情就危险了,我的朋友屠夫朱亥可以同您一道去。这人是大力士,晋鄙听从(您),当然很好,如果不听,可以(让朱亥)击毙他。"于是公子哭了。侯生说:"公子怕死吗?为什么哭呢?"公子说:"晋鄙是一位叱咤风云的有威望的老将,去了恐怕不会听从,必定要把他杀死。因此我难受哭泣,哪里是怕死呢!"于是公子邀请朱亥。朱亥笑着说:"我不过是市井中一个宰杀牲畜的人,公子却屡次亲自慰问我,所以不报谢您,是因为小的礼节没有什么大用。现在公子有急事,这是我(为您)效力的时候了。"于是就跟公子同行。公子拜辞侯生。侯生说:"我应该跟从(您去),(可是)年老不能去了;请让我计算您的行程,到达晋鄙军中的那一天,(我)面向北方自杀,用来报答公子!"

公子就出发了。到了邺地,假传魏王的命令代替晋鄙。晋鄙合对上兵符,怀疑这件事,举起手来看一看公子,说:"现在我拥有十万大军,驻扎在

边境,是国家的重任。现在(您)却只身前来代替我,怎么回事呢?"想要不听从。朱亥用袖中四十斤重的铁锤,锤死了晋鄙。

公子就统率了晋鄙的军队,约束兵士,下令军中说:"父子都在军中的,父亲回去;兄弟都在军中的,哥哥回去;独子没有兄弟的,回家奉养父母。"得到经过挑选的精兵八万人。进兵攻击秦军,秦军撤退了。于是救了邯郸,保存了赵国。赵王和平原君亲自到边界上迎接公子,平原君背着箭袋和弓箭在前面给公子引路。赵王(向公子)再拜说:"从古以来的贤人,没有谁赶得上公子的啊!"在这个时候,平原君不敢(把)自己与信陵君相比。

公子与侯生告别,到达晋鄙军中时,侯生果然面向北方自杀了。

魏王因公子偷了兵符,矫诏杀死了晋鄙而大为恼怒,公子自己也知道(魏王会恼怒他)。击退秦军救了赵国以后,(他)就让部将率领大军撤回魏国,公子自己与门客留在赵国。

将在外,主令有所不受,以便国家。

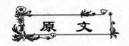
鸿门宴

　　沛公军霸上①，未得与项羽相见。沛公左司马曹无伤使人言于项羽曰②："沛公欲王关中③，使子婴为相，珍宝尽有之。"项羽大怒曰："旦日飨④士卒，为击破沛公军！"当是时，项羽兵四十万，在新丰鸿门⑤；沛公兵十万，在霸上。范增说⑥项羽曰："沛公居山东⑦时，贪于财货，好美姬。今入关，财物无所取，妇女无所幸，此其志不在小。吾令人望其气⑧，皆为龙虎。成五采，此天子气也。急击勿失！"

　　楚左尹项伯者⑨，项羽季父⑩也，素善留侯张良⑪。张良是时从沛公，项伯乃夜驰之沛公军，私见张良，具告以事，欲呼张良与俱去，曰："毋从俱死也。"张良曰："臣为韩王送沛公⑫，沛公今事有急，亡去⑬不义，不可不语。"良乃入，具告沛公。沛公大惊，曰："为之奈何？"张良曰："谁为大王为此计者？"曰："鲰生⑭说我曰：'距关⑮，毋内诸侯⑯，秦地可尽王也。'故听之。"良曰："料大王士卒足以当⑰项王乎？"沛公默然，曰："固不如也，且为之奈何？"张良曰："请往谓项伯，言沛公不敢背项王也。"沛公曰："君安与项伯有故⑱？"张良曰："秦时与臣游，项伯杀人，臣活之⑲；今事有急，故幸来告良。"沛公曰："孰与君少长？"良曰："长于臣。"沛公曰："君为我呼入，吾得兄事之⑳。"张良出，要㉑项伯。项伯即入见沛公。沛公奉卮[22]酒为寿，约为婚姻，曰："吾入关，秋毫[23]不敢有所近，籍[24]吏民，封府库，而待将军。所以遣将守关者，备他盗之出入与非常[25]也。日夜望将军至，岂敢反乎！愿伯具言臣之不敢倍德也。"项伯许诺，谓沛公曰："旦日不可不蚤自[26]来谢项王。"沛公曰："诺。"于是项伯复夜去，至军中，具以沛公言报项王，因言曰："沛公不先破关中，公岂敢入乎？今人有大功而击之，不义也。不如因善遇之。"项王许诺。

沛公旦日从百余骑[27]来见项王，至鸿门，谢曰："臣与将军戮力而攻秦，将军战河北[28]，臣战河南，然不自意能先入关破秦，得复见将军于此。今者有小人之言，令将军与臣有郤[29]。"项王曰："此沛公左司马曹无伤言之；不然，籍何以至此？"项王即日因留沛公与饮。项王、项伯东向坐[30]；亚父[31]南向坐，亚父者，范增也；沛公北向坐；张良西向侍。范增数目项王[32]，举所佩玉玦以示之者三，项王默然不应。范增起，出召项庄[33]，谓曰："君王为人不忍。若[34]入前为寿，寿毕，请以剑舞，因击沛公于坐，杀之。不者，若属皆且为所虏！"庄则入为寿。寿毕，曰："君王与沛公饮，军中无以为乐，请以剑舞。"项王曰："诺。"项庄拔剑起舞，项伯亦拔剑起舞，常以身翼蔽[35]沛公，庄不得击。

于是张良至军门见樊哙。樊哙[36]曰："今日之事何如？"良曰："甚急！今者项庄拔剑舞，其意常在沛公也。"哙曰："此迫矣！臣请入，与之同命[37]。"哙即带剑拥盾入军门。交戟之卫士欲止不内[38]，樊哙侧其盾以撞，卫士仆地，哙遂入，披帷西向立，瞋目视项王，头发上指，目眦尽裂。项王按剑而跽[39]曰："客何为者？"张良曰："沛公之参乘⑩樊哙者也。"项王曰："壮士！赐之卮酒。"则与斗卮酒。哙拜谢，起，立而饮之。项王曰："赐之彘肩⑪。"则与一生彘肩。樊哙覆其盾于地，加彘肩上，拔剑切而啖⑫之。项王曰："壮士！能复饮乎？"樊哙曰："臣死且不避，卮酒安足辞！夫⑬秦王有虎狼之心，杀人如不能举，刑人如恐不胜，天下皆叛之。怀王与诸将约⑭曰：'先破秦入咸阳者王之⑮。'今沛公先破秦入咸阳，毫毛不敢有所近，封闭宫室，还军霸上，以待大王来。故遣将守关者，备他盗出入与非常也。劳苦而功高如此，未有封侯之赏，而听细说⑯，欲诛有功之人，此亡秦之续耳。窃为大王不取也！"项王未有以应，曰："坐。"樊哙从良坐。坐须臾⑰，沛公起如厕⑱，因招樊哙出。

　　沛公已出，项王使都尉陈平⑲召沛公。沛公曰："今者出，未辞也，为之奈何？"樊哙曰："大行不顾细谨，大礼不辞小让。如今人方为刀俎⑳，我为鱼肉，何辞为？"于是遂去。乃令张良留谢。良问曰："大王来何操㉑？"曰："我持白璧一双，欲献项王。玉斗一双，欲与亚父。会㉒其怒，不敢献。公为我献之。"张良曰："谨诺。"当是时，项王军在鸿门下，沛公军在霸上，相去四十里。沛公则置车骑，脱身独骑，与樊哙、夏侯婴、靳强、纪信等四人持剑盾步走㉓，从郦山㉔下，道芷阳间行㉕。沛公谓张良曰："从此道至吾军，不过二十里耳。度我至军中，公乃入。"

　　沛公已去，间至军中。张良入谢，曰："沛公不胜桮杓㉖，不能辞。谨使臣良奉白璧一双，再拜献大王足下㉗，玉斗一双，再拜奉大将军足下。"项王曰："沛公安在㉘？"良曰："闻大王有意督过之，脱身独去,已至军矣。"项王则受璧,置之坐上。亚父受玉斗,置之地,拔剑撞而破之,曰:"唉!竖子不足与谋㊿!夺项王天下者必沛公也。吾属今为之虏㊿矣!"

沛公至军,立诛杀曹无伤。

奇谋韬略

①沛公:刘邦,起兵于沛(今江苏省沛县),号称"沛公"。军:驻军,名词作动词用。霸上:地名,即白鹿原,在今陕西省西安市东。

②左司马:掌军政之官。言于……曰:这是古汉语中别人主动谈论问题、发表见解时常用的格式,可译为"对……说道"。

③王:动词,称王。关中:东自函谷关,西至陇关,二关之间谓之"关中",在今陕西省境内。

④旦日:明天。飨:用酒食犒劳。

⑤新丰:县名。秦时名为骊邑,刘邦称帝后才改称新丰。地处今陕西省临潼县东。鸿门:山坡名,在新丰东十七里,今称"项王营"。

⑥范增:项羽的主要谋士。说:劝说,说服。

⑦山东:指崤山和函谷关以东,不是今之山东省。战国时泛称六国之地为"山东"。

⑧望其气:望他(头上)的云气。望气,这是一种迷信的说法。传说真龙天子所在的地方,天空中有一种异样的彩云,呈龙虎状,会望气的人能看出来。

⑨左尹:楚官名,令尹之佐。项伯:名缠,字伯,后投刘邦,被封射阳侯。者:语气助词。

⑩季父:叔父。

⑪善：友好，亲善，动词。张良：字子房，刘邦的主要谋士。刘邦得天下后，封他为"留侯"。

⑫臣为韩王送沛公：我替韩王送沛公。张良的祖父、父亲都做韩国的国相。秦末起义时，张良曾请项梁立韩公子成为韩王，得到项梁同意，张良被任命为韩国的申徒（即司徒，相当于国相）。后来刘邦从洛阳南出攻秦，张良就随从了刘邦。刘邦让韩王成留守阳翟（韩国都城），而张良与刘邦同入武关（详见《史记·留侯世家》）。这里张良把他领着韩王的军队随从刘邦入关，说成是替韩王送沛公，乃是故意托词，意在说明既然替韩王护送刘邦，就不能中途离去。

⑬亡去：逃离，逃走。

⑭鲰（zōu）生：浅陋无知的小人。

⑮距关：拒守函谷关。距，通"拒"，守。

⑯内：同"纳"，放……进去。在古汉语中，"纳"多写作"内"。诸侯：这里指其他率兵攻秦的人。

⑰料：估计，预料。当：抵挡。

⑱安：怎么，疑问代词。有故：有老交情。

⑲臣活之：我救活了他。是说项伯杀人，有死罪，张良使项伯免于死罪。活，使……活，使动用法。

⑳吾得兄事之：我应该像（对待）兄长一样对待他。兄，名词作状语，译为"像兄长一样"。

㉑要：通"邀"。

㉒奉：捧。卮（zhī）：喝酒的器具。

㉓秋毫：秋天走兽新生的细毛，比喻极小的东西。

㉔籍：注册，登记。

㉕备：防备。非常：意外的变故。

㉖蚤：通"早"。自：亲自。

㉗从百余骑：让一百多人马随从（自己）。从，使（让）……从，使动用法。骑，名词，一人一马。

㉘战河北：是"战于河北"的省略，战斗在黄河以北。

㉙令：使，让。有郤(xì)：有隔阂。郤，通"隙"。

㉚东向坐：面向东坐（脸朝东坐）。下文"南向坐""北向坐""西向侍"结构相同。杨树达引《说苑·君道》说："秦汉坐次，自天子南面不计外，东乡最尊，南面次之，西面又次之，北面最卑……"（见《积微居小学述林·秦汉座次尊卑考》）。他又在《积微居读书记》中说："鸿门之宴，项王、项伯东向坐，亚父南向坐，沛公北向坐。项自尊，亚父次之，置沛公于卑坐也。"此言项羽自大，对刘邦不以宾主相待。

㉛亚父：项羽尊敬范增仅次于亲父，故称范增为亚父。亚，次一等的。

㉜数目项王：屡次对项羽使眼色。数，屡次。目，以目示意，名词作动词用。

㉝召：用言语招呼。项庄：项羽的堂弟。

㉞若：你，第二人称代词。

㉟翼蔽：像鸟翅膀那样遮蔽。翼，名词作状语，译为"像鸟翅膀那样"。

㊱樊哙(kuài)：沛人，随从刘邦的勇士。沛公入咸阳，欲居秦宫室，樊哙与张良劝谏，才还军霸上。鸿门之宴，又使刘帮脱险。屡立战功。汉建国后做左丞相，封舞阳侯。

㊲与之同命：跟他（刘邦）同生死。之，指刘邦。同命，同命运，共生死。

㊳交戟之卫士：拿戟交叉着守卫军门的兵士。交戟，卫士守门时把戟交叉着，以禁止出入。戟，古代一种长柄兵器。欲止不内：想阻止（樊哙）不放他进去。

㊴踞(jì)：古人席地而坐，两膝着地，臀部坐在脚后跟上，叫"坐"。两膝

着地，但耸身挺腰，臀离脚跟，叫“跽”。

㊵参乘：古人乘车，在车右边担任近侍警卫的人叫参乘。

㊶彘(zhì)肩：猪腿连同着肩胛的整个部分，就是猪的一条前腿。彘，猪。

㊷啖：吃。

㊸夫：句首语气助词，表示下面引起议论。

㊹怀王：战国时楚怀王的孙子，名心。项梁立他为王，也称他“楚怀王”。破秦后，项羽尊他为“义帝”。他名为诸侯领袖，实际上只不过是各地诸侯用来收揽人心的招牌。后来被项羽所杀。约：约定。

㊺咸阳：秦国首都，在今陕西省咸阳市东北二十里。王之：以之为王，意动用法。之，代词，复指前面“先破秦入咸阳者”。

㊻细说：小人的谗言。

㊼须臾：一会儿。

㊽如厕：到厕所去。如，动词，到……去。

㊾都尉陈平：陈平这时在项羽手下为都尉，第二年就归刘邦，成为刘邦主要谋士，后官至丞相。都尉，次于将军的官。

㊿方：正，时间副词。俎：切肉的砧板。

(51)来何操：来时带来什么(礼物)。何，疑问代词，什么，作动词“操”的前置宾语。操，持、拿。

(52)会：正好碰上。

(53)夏侯婴、靳强、纪信：三人都是刘邦的部将。步走：徒步跑。

(54)郦山：即“骊山”，位于鸿门西，在今陕西临潼县东南。

(55)道：取道，动词。芷(zhǐ)阳：秦时县名，汉时改称霸陵，在今陕西省西安市东。间行：抄近路走。

(56)不胜：禁不起，胜任不了。桮(bēi)：同“杯”，战国以后出现的一种椭圆形的酒器，两侧有弧形的耳，后人称为耳杯，又叫羽觞。杓(sháo)：盛酒杓子。"栖"和"杓"这里都是酒的代称。

⑤再拜：拜两次，这是比拜更隆重的礼节。足下：古时对人的尊称。

⑧安在：在哪里。安，哪里，疑问代词，这里作"在"的前置宾语。

⑤竖子不足与谋：是"竖子不足与之谋"的省略，这小子不值得跟他谋划（大事）。竖子，小子，是骂人的话。

⑥吾属：我们这些人。为之虏：被他俘虏了，这是范增的预言。

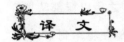
译文

　　沛公驻军霸上，还没有跟项羽见面。沛公的左司马曹无伤派人对项羽说："沛公打算做关中王，任命子婴为国相，已全部占有了秦国的珍宝。"项羽大怒道："明天犒劳士兵，给我去打垮沛公的部队！"在这时，项羽的军队有四十万人，驻扎在新丰鸿门；沛公的军队有十万人，驻扎在霸上。范增劝说项羽道："沛公在山东时，贪图财货，喜欢漂亮的女人。如今入了关，不拿什么财物，也不迷恋女色，看来他的野心不小。我（曾）派人观察他的'云气'，都呈现出龙虎的形状，五彩斑斓，这可是天子的云气啊。赶紧攻打他吧，不要错过机会。"

　　楚军的左尹项伯是项羽的叔父，一向跟留侯张良要好。张良这时跟随沛公，项伯于是连夜骑马到沛公军营，私下会见张良，把项羽将发动进攻的事全都告诉了他，想叫张良跟他一同离去，说："不要跟着他们一块送死。"张良说："我替韩王送沛公（到这里），沛公如今有急难，我逃离了他，是不守信义的，我不能不跟他说说。"张良于是进（中军帐），又把全部情况告诉了沛公。沛公大吃一惊，说："这怎么办呢？"张良说："谁给大王献闭关这条计策的？"沛公说："有个浅陋的小人劝我说：'守住函谷关，不让诸侯的军队进来，就可以占领秦的全境称王了。'所以听了他的。"张良说："估计大王的部队能跟项王抗衡吗?"沛公沉默了一会,说:"本来就比不上他啊,将怎么办呢?"张良说:"让我去告诉项伯,说您是不敢违背项王(意旨)的。"沛公说:"你怎么跟项伯有交情的?"张良说:"秦朝的时候,他跟我交往,他杀了人,我救活了他;如今有急难,幸亏他来告诉我。"沛公说:"你跟他谁大谁小?"张良说:"他比我大。"刘邦说:"你替我请他进来,我要把他当兄长一样对待。"张良出去邀请项伯,项伯就进来见沛公。沛公举起酒杯祝项伯健康,(又)跟他约定结为儿女亲家,说:"我入关后,财物丝毫不敢据为己有,给官吏和百姓造册登记,封存官库,等待项将军来(处理)。之所以派部队把守函谷关,是防备其他盗贼进来和意外事故。我日夜盼望项将军到来,怎么敢反叛呢! 希望您(向项将军)详细说明我是不会忘恩的。"项伯答应下来,对沛公说:"明天不可不早些来向项王道歉。"沛公说:"好。"于是项伯又连夜离去,回到自己军营后,将沛公的话全都转告项王,趁机说道:"沛公不先攻破关中,你怎么能入关呢? 如今人家有了大功,却去进攻他,这是不合道义的。不如趁他来拜会好好款待他。"项王答应了。

第二天,沛公带着一百多人马来拜会项王。到了鸿门,道歉说:"我和将军合力攻秦,将军在黄河北作战,我在黄河南作战,却没有料到自己能先入关破秦,能在这里再次见到您。现在由于小人的谗言,使您我之间产生了隔阂。"项王说:"这是您的左司马曹无伤说的,否则,我怎么会这样呢?"项王当天就留沛公一道喝酒。项羽、项伯面向东坐;亚父面向南坐,亚父就是范增;沛公面向北坐;张良面向西陪坐。范增多次给项王使眼色,又接连三次举起所佩带的玉玦示意项王(杀死沛公),项王(却)默默地没有反应。范增站起来,到外面召来项庄,对他说:"君王为人心慈手软,你进去,上前给他们祝酒,祝过酒,请求舞剑,借机将沛公击倒在座位上,杀掉他。不这么做,你们这些人将来都会成为他的俘虏!"项庄于是进去祝酒,祝过酒,说:"君王跟沛公一块喝酒,军中没有什么娱乐的,让我来舞剑吧。"项王说:

文学常识丛书

"好。"项庄拔出剑舞起来,项伯也拔剑舞起来,时时用自己的身子掩护沛公,项庄不能得手。

于是张良赶往军营门口见樊哙。樊哙说:"今天的事情怎么样?"张良说:"危急得很!此刻项庄拔剑起舞,总想在沛公身上打主意。"樊哙说:"这太紧迫了!我得进去,跟沛公同生共死。"就带着剑拿着盾牌进了军营大门。交叉举戟的卫兵想拦住不让他进去,樊哙侧着盾牌一撞,卫兵们跌倒在地,樊哙终于进了中军帐,揭开帷幕,面向西站定,瞪眼看着项王,头发竖起来,眼眶都裂开了。项王手握剑柄,直起身子,问道:"来人是干什么的?"张良说:"是沛公的警卫官樊哙。"项王说:"壮士!赐给他一杯酒。"于是(有人)给了他一大杯酒。樊哙下拜称谢后,起身,站着一饮而尽。项王说:"赐给他猪腿。"于是(有人)送给他一只生猪腿。樊哙(先)把盾牌扣在地上,(再)放在它上面,拔出剑来切着吃。项王说:"壮士!能再喝酒吗?"樊哙说:"我连死都不畏避,一杯酒哪里用得着推辞,秦王有虎狼一般的心肠,杀人惟恐不能杀光,对人用刑惟恐不能用尽酷刑,普天下的人都起来反抗他。楚怀王曾跟各路将军约定:'首先攻破秦国进入咸阳的就封他做关中王。'如今沛公最先攻破秦国进入咸阳,一丝一毫都不敢去碰一碰,(又)把皇宫封闭起来,(然后)将部队带回霸上,等待大王到来。所以派遣将官把守关门,为的是防备其他盗贼进出和意外事故。(沛公)这么辛苦,功劳这么大,(您)没有给他封侯奖赏,反而听信小人的谗言,要杀掉有功的人,这不过是继续走秦国灭亡的老路子罢了。我私下以为大王不应该这么做!"项王一时无话可答,说:"坐下。"樊哙挨着张良坐了下来。坐了一会,沛公起身上厕所,趁机把樊哙也叫了出去。

沛公出去以后,项王派都尉陈平去召回沛公。沛公说:"现在是出来了,可还没有告辞,这怎么办?"樊哙说:"干大事不必拘泥小节,行大礼不必计较小的谦让。如今人家是刀和砧板,我们是鱼、肉,为什么要告辞呢?"于

奇谋韬略

127

是（刘邦）决定赶快逃离，只叫张良留下辞谢。张良问："大王来时带了什么（礼品）?"沛公说："我带了一双白璧，打算献给项王；一对玉杯，打算给亚父。正碰上他们生气，不敢献。你替我献给他们吧。"张良说："一定遵命。"这时候，项羽部队驻扎在鸿门下，沛公部队驻扎在霸上，（两军）相距四十里。沛公就丢下车马、随员，独自骑马，樊哙、夏侯婴、靳强、纪信四个人拿着剑和盾牌快步（跟随），从郦山下，经过芷阳抄小路逃跑。沛公临走对张良说："从这条路到我们军营，不过二十里路。估计我已回到军营，你再进去（辞谢）。"

沛公已经离去，从小路回到军营。张良进去谢罪，说："沛公经不起多喝酒，不能亲自告辞。特地派我捧着一双白璧，敬献给大王足下；一对玉杯，敬献给范大将军足下。"项王问："沛公在哪里?"张良说："听说您有责备他的意思，已抽身独自离去，（这会儿）已经回到军营了。"项王就收了白璧，放在座位上。亚父接过玉杯，放在地上，拔出剑来把它击碎，说："唉！这小子不值得跟他谋划大事！将来夺走项王天下的，一定是沛公。我们这些人马上都会成为他的俘虏！"

沛公回到军营，立即将曹无伤处死。

绝妙佳句

大行不顾细谨，大礼不辞小让。如今人方为刀俎，我为鱼肉，何辞为?

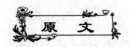

西门豹治邺

　　魏文侯①时，西门豹为邺②令。豹往到邺，会长老，问之民所疾苦。长老曰："苦为河伯③娶妇，以故贫。"豹问其故，对曰："邺三老、廷掾常岁④赋敛百姓，收取其钱得数百万，用其二三十万为河伯娶妇，与祝巫⑤共分其余钱持归。当其时，巫行视小家女好⑥者，云'是当为河伯妇。'即娉取⑦。洗沐之，为治新缯绮縠⑧衣，闲居斋戒⑨；为治斋宫河上，张缇绛帷⑩，女居其中，为具牛酒饭食，行十余日。共粉饰之，如嫁女床席，令女居其上，浮之河中。始浮，行数十里乃没。其人家有好女者，恐大巫祝为河伯取之，以故多持女远逃亡。以故城中益空无人，又困贫，所从来久远矣。民人俗语曰：'即不为河伯娶妇，水来漂没，溺其人民'云。"西门豹曰："至为河伯娶妇时，愿三老、巫祝、父老送女河上，幸来告语之，吾亦往送女。"皆曰："诺。"

　　至其时，西门豹往会之河上。三老、官属、豪长者、里父老皆会，以人民往观之者三二千人。其巫，老女子也，已年七十。从弟子女十人所，皆衣缯单衣，立大巫后。西门豹曰："呼河伯妇来，视其好丑。"即将女出帷中，来至前。豹视之，顾谓三老，巫祝、父老曰："是⑪女子不好，烦大巫妪⑫为入报河伯，得更求好女，后日送之。"即使吏卒共抱大巫妪投之河中。有顷，曰："巫妪何久也？弟

129

子趣⑬之!"复以弟子一人投河中。有顷,曰:"弟子何久也? 复使一人趣之!"复投一弟子河中。凡投三弟子。西门豹曰:"巫妪、弟子,是女子也,不能白事⑭。烦三老为入白之。"复投三老河中。西门豹簪笔磬折⑮,向河立待良久。长老、吏傍观者皆惊恐。西门豹曰:"巫妪、三老不来还,奈之何?"欲复使廷掾与豪长者一人入趣之。皆叩头,叩头且破,额血流地,色如死灰。西门豹曰:"诺,且留待之须臾⑯。"须臾,豹曰:"廷掾起矣。状⑰河伯留客之久,若⑱皆罢去归矣。"邺吏民大惊恐,从是以后,不敢复言为河伯娶妇。

西门豹即发民凿十二渠,引河水灌民田,田皆溉。当其时,民治渠少⑲烦苦,不欲也。豹曰:"民可以乐成,不可与虑始。今父老子弟虽患苦⑳我,然百岁后期㉑令父老子孙思我言。"至今皆得水利,民人以给足富。

注 译

①魏文侯:魏斯。战国时魏国国君。公元前424—前387年在位。他是一个有作为的国君,延揽各地人才,任用李悝变法,使魏国成为战国初期最强盛的国家。

②邺:魏邑名。在今河北省临漳县西南、磁县东南。

③河伯:黄河水神。河伯之貌,或称"人面",或称"人面鱼身",或称"白面长人鱼身"。自殷商而降,至于周末,为人所奉祀,位望隆崇。河伯有"娶妇"之传说。

④三老:官名。魏国的三老,设于战国初年。廷掾(yuàn):县吏。常岁:每年。

⑤祝巫:古代以祭祀鬼神、消解灾祸为职业的人。

⑥行视:巡视,巡查。好:美丽,漂亮。

⑦娉(pìn)取:下聘娶走。娉,通"聘",订婚。取,通"娶"。

⑧缯(zēng):古代对丝织品的统称。绮(qǐ):有花纹或图案的丝织品。縠(hú):有绉纹的纱。

⑨闲居:单独居住。斋戒:古人在祭祀以前,沐浴更衣,素食,以示诚敬,称为"斋戒"。

⑩缇(tí):橘红色的丝织品。绛:深红色。帷:帐子

⑪是:此,这。

⑫妪(yù):年老的女人。

⑬趣:通"促",催促。

⑭不能白事:不会把事情传达清楚。

⑮簪(zān)笔:插笔于帽子里,以备记事。磬(qìng)折:像石磬那样弯着腰,做出毕恭毕敬的样子。

⑯须臾:片刻,一会儿。

⑰状:推测之辞,犹今语"看样子""看情况"。

⑱若:汝,你,你们。

⑲少:通"稍",稍微。

⑳患苦:厌恶,憎恨。

㉑期:希望。

译　文

魏文侯时,西门豹任邺县令。他到邺县,会集地方上年纪大的人,问他们有关老百姓痛苦的事情。这些人说:"苦于给河伯娶媳妇,因为这个缘

故,本地民穷财尽。"西门豹问这是怎么回事,这些人回答说:"邺县的三老、廷掾每年都要向老百姓征收赋税搜刮钱财,收取的这笔钱有几百万,他们只用其中的二三十万为河伯娶媳妇,而和祝巫一同分那剩余的钱拿回家去。到了为河伯娶媳妇的时候,女巫行巡查看到小户人家的漂亮女子,便说'这女子合适做河伯的媳妇'。马上下聘礼娶去。给她洗澡洗头,给她做新的丝绸花衣,让她独自居住并沐浴斋戒;并为此在河边上给她做好供闲居斋戒用的房子,张挂起赤黄色和大红色的绸帐,这个女子就住在那里面,给她备办牛肉酒食,这样经过了十几天。大家又一起装饰点缀好那个像嫁女儿一样的床铺枕席,让这个女子坐在上面,然后把它浮到河中。起初在水面上漂浮着,漂了几十里便沉没了。那些有漂亮女子的人家,担心大巫祝替河伯娶她们去,因此大多带着自己的女儿远远地逃跑。也因为这个缘故,城里越来越空荡无人,以致更加贫困,这种情况从开始以来已经很长久了。老百姓中间流传的俗语有'假如不给河伯娶媳妇,就会大水泛滥,把那些老百姓都淹死'的说法。"西门豹说:"到了给河伯娶媳妇的时候,希望三老、巫祝、父老都到河边去送新娘,有幸也请你们来告诉我这件事,我也要去送送这个女子。"这些人都说:"好。"

到了为河伯娶媳妇的日子,西门豹到河边与长老相会。三老、官员、有钱有势的人、地方上的父老也都会集在此,看热闹来的老百姓也有两三千人。那个女巫是个老婆子,已经七十岁。跟着来的女弟子有十来个人,都身穿丝绸的单衣,站在老巫婆的后面。西门豹说:"叫河伯的媳妇过来,我看看她长得漂亮不漂亮。"人们马上扶着这个女子出了帷帐,走到西门豹面前。西门豹看了看这个女子,回头对三老、巫祝、父老们说:"这个女子不漂亮,麻烦大巫婆为我到河里去禀报河伯,需要重新找过一个漂亮的女子,迟几天送她去。"就叫差役们一齐抱起大巫婆,把她抛到河中。过了一会儿,说:"巫婆为什么去这么久?叫她弟子去催催她!"又把她的一个弟子抛到河中。又过了一会儿，说："这个弟子为什么也这么久？再派一个人去催催她们！"又抛一个弟子到河中。总共抛了三个弟子。西门豹说："巫婆、弟子，这些都是女人，不能把事情说清楚。请三老替我去说明情况。"又把三老抛到河中。西门豹插着笔，弯着腰，恭恭敬敬，面对着河站着等了很久。长老、廷掾等在旁边看着的都惊慌害怕。西门豹说："巫婆、三老都不回来，怎么办？"想再派一个廷掾或者豪长到河里去催他们。这些人都吓得在地上叩头，而且把头都叩破了，额头上的血流了一地，脸色像死灰一样。西门豹说："好了，暂且留下来再等他们一会儿。"过了一会儿，西门豹说："廷掾可以起来了，看样子河伯留客要留很久，你们都散了吧，离开这儿回家去吧。"邺县的官吏和老百姓都非常惊恐，从此以后，不敢再提起为河伯娶媳妇的事了。

西门豹接着就征发老百姓开挖了十二条渠道，把黄河水引来灌溉农田，田地都得到灌溉。在那时，老百姓开渠稍微感到有些厌烦劳累，就不大愿意。西门豹说："老百姓可以和他们共同为成功而快乐，不可以和他们一起考虑事情的开始。现在父老子弟虽然憎恨我，但百年以后希望父老子孙会想起我今天说过的话。"直到现在邺县都能得到水的便利，老百姓因此而家给户足，生活富裕。

民可以乐成，不可与虑始。

133

作者简介

　　柳宗元(公元 773—819 年),字子厚,河东(今山西省永济市)人,故称为柳河东,唐代文学家、哲学家。唐德宗贞元年间进士,官至监察御史。后被贬为永州司马,又迁柳州刺史,故亦称为"柳柳州"。他是唐代古文运动的主将,其诗文擅长于刻画山水,反映现实,风格清新峭拔。文集有《柳河东集》《龙城录》等。

段太尉逸事状

太尉始为泾州刺史时，汾阳王①以副元帅居蒲②。王子晞为尚书，领行营节度使③，寓军邠州④，纵士卒无赖。邠人偷嗜暴恶者，率以货窜名军伍中，则肆志，吏不得问。日群行丐取于市，不嗛⑤，辄奋击折人手足，椎釜鬲瓮盎⑥盈道上，袒臂徐去，至撞杀孕妇人。邠宁节度使白孝德⑦以王故，戚不敢言。

太尉自州以状白⑧府，愿计事。至则曰："天子以生人付公理⑨，公见人被暴害，因恬然；且大乱，若何？"孝德曰："愿奉教。"太尉曰："某为泾州，甚适，少事。今不忍人无冠暴死，以乱天子边事。公诚以都虞候⑩命某者，能为公已乱，使公之人不得害。"孝德曰："幸甚！"如太尉请。

既署一月，晞军士十七人入市取酒，又以刃刺酒翁，坏酿器，酒流沟中。太尉列卒取十七人，皆断头注槊上，植市门外。晞一营大噪，尽甲。孝德震恐，召太尉曰："将奈何？"太尉曰："无伤也，请辞于军。"孝德使数十人从太尉，太尉尽辞去。解佩刀，选老躄⑪者一人持马，至晞门下。甲者出，太尉笑且入，曰："杀一老卒，何甲也？吾戴吾头来矣。"甲者愕。因谕曰："尚书固负若属耶？副元帅固负若属耶？奈何欲以乱败郭氏？为白尚书，出听我言。"

晞出见太尉，太尉曰："副元师勋塞天地，当务始终。今尚书恣卒为暴,暴且乱。乱天子边,欲谁归罪?罪且及副元师。今邠人恶子弟以货窜名军籍中,杀害人,如是不止,几日不大乱?大乱由尚书出,人皆曰尚书倚副元帅,不戢[12]士,然则郭氏功名,其与存者几何?"言未毕,晞再拜曰:"公幸教晞以道,恩甚大,愿奉军以从。"顾叱左右曰:"皆解甲散还火伍中,敢哗者死!"太尉曰:"吾未晡食[13],请假设草具。"既食,曰:"吾疾作,愿留宿门下。"命持马者去,旦日来。遂卧军中。晞不解衣,戒候卒击柝[14]卫太尉。旦,俱至孝德所,谢不能,请改过。邠州由是无祸。

先是,太尉在泾州,为营田官。泾大将焦令谌取人田,自占数十顷,给与农,曰:"且熟,归我半。"是岁大旱,野无草,农以告谌。谌曰:"我知入数而已,不知旱也。"督责益急。农且饥死,无以偿,即告太尉。

太尉判状,辞甚巽[15],使人求谕谌。谌盛怒,召农者曰:"我畏段某耶?何敢言我!"取判铺背上,以大杖击二十,垂死,舆来庭中。太尉大泣曰:"乃我困汝。"即自取水洗去血,裂裳衣疮,手注善药,旦夕自哺农者,然后食。取骑马卖,市谷代偿,使勿知。

淮西[16]寓军帅尹少荣,刚直士也。入见谌,大骂曰:"汝诚人耶?泾州野如赭[17],人且饥死;而必得谷,又用大杖击无罪者。段公,仁信大人也,而汝不知敬。今段公惟一马,贱卖市谷入汝,汝又取不耻。凡为人,傲天灾、犯大人、击无罪者,又取仁者谷,使主人出无马,汝将何以视天地,尚不愧奴隶耶?"谌虽暴抗,然闻言则大愧流汗,不能食,曰:"吾终不可以见段公!"一夕,自恨死。

及太尉自泾州以司农[18]征,戒其族:"过岐[19],朱泚幸致货币[20],

慎勿纳。"及过，泚固致大绫三百匹。太尉婿韦晤坚拒，不得命。至都，太尉怒曰："果不用吾言！"晤谢曰："处贱，无以拒也。"太尉曰："然终不以在吾第。"以如司农治事堂，栖之梁木上。泚反，太尉终，吏以告泚，泚取视，其故封识㉑具存。

太尉逸事如右。

元和九年㉒月日，永州司马员外置同正员柳宗元谨上史馆。今之称太尉大节者，出入㉓以为武人一时奋不虑死，以取名天下，不知太尉之所立如是。宗元尝出入岐、周、邠、斄㉔间，过真定，北上马岭，历亭障堡戍，窃好问老校退卒，能言其事。太尉为人姁姁㉕，常低首拱手行步，言气卑弱，未尝以色待物㉖；人视之，儒者也。遇不可，必达其志，决非偶然者。会州刺史崔公来，言信行直，备得太尉遗事，覆校无疑。或恐尚逸坠，未集太史氏，敢以状私于执事㉗。谨状。

注释

①汾阳王：即郭子仪。郭子仪平定安史之乱有功，被唐肃宗进封为汾阳王。唐代宗广德二年（公元764年）正月，郭子仪兼任关内、河东副元帅，河中节度、观察使，出镇河中。

②蒲：州名，唐时为河中府（治所在今山西省永济市）。

③节度使：主要掌军事。唐代开元间设置，本意是增加都察权力。安史之乱后，愈设愈滥。

④邠（bīn）州：治所在今陕西省彬县。

⑤嗛（qiàn）：满足。

⑥釜：锅。鬲(lì)：三脚烹饪器。瓮(wèng)：盛酒的陶器。盎(àng)：腹大口小的瓦盆。

⑦白孝德：安西(治所在今新疆库车县)人,李光弼部将,广德二年任邠宁节度使。

⑧状：一种陈述事实的文书。白：禀告。

⑨生人：生民,百姓。理：治。唐代为避李世民、李治讳而改。

⑩都虞候：军队中的执法官。

⑪躄(bì)：跛脚。

⑫戢(jí)：管束。

⑬晡(bū)食：晚饭。晡：申时,下午三至五时。

⑭柝(tuò)：古代巡夜打更用的梆子。

⑮巽(xùn)：通"逊",委婉。

⑯淮西：今河南省许昌、信阳一带。

⑰赭(zhě)：赤褐色。

⑱司农：即司农卿,为司农寺长官,掌国家储粮用粮之事。

⑲岐：州名,治所在今陕西省凤翔县南。

⑳朱泚(cǐ)：昌平(今北京市昌平县)人。时为凤翔府尹。货币：物品和钱币。

㉑识(zhì)：标记。

㉒元和九年：即公元814年。元和是唐宪宗李纯年号(公元806—820年)。

㉓出入：大抵,不外乎。

㉔周：在岐山下,今陕西省郿县一带。鳌(tái)：在今陕西省武功县西。

㉕姁(xǔ)姁：和好的样子。

㉖色：脸色。物：此指人。

㉗执事：指专管某方面事务的官吏。这里指史官韩愈。

太尉刚任泾州刺史时，汾阳王郭子仪以副元帅的身份住在蒲州。郭子仪第三子郭晞任尚书，代理郭子仪军营统领，驻军邠州，放纵其士卒横行不法。邠地懒惰、贪婪、凶残、邪恶之人，大都用财物行贿，把自己的名字混进军队里，就可以胡作非为，官吏不能干涉。他们每天成群结队在市场上勒索，不能满足，就奋力打断人家的手足，砸碎锅、鼎、坛子、瓦盆，把它丢满路上，袒露着臂膀扬长而去，甚至撞死孕妇。邠宁节度使白孝德因为汾阳王郭子仪的缘故，忧虑不敢说。

太尉从泾州把有关情况禀告邠宁节度使衙门，希望能商议此事。到了节度使衙门就对白孝德说："皇上把老百姓交给您治理，您看见老百姓被暴徒伤害，依然安闲自在；如果引起大乱，怎么办？"白孝德说："愿听从您的指教。"太尉说："我任泾州刺史之职，很清闲，事不多。现在不忍心老百姓没有敌人侵扰而遭杀害，以乱天子边地安危之事。您若任命我担任都虞候，我能替您制止骚乱，使您的百姓不受侵害。"白孝德说："很好。"就按太尉的请求任命他为都虞候。

太尉暂任都虞候一个月，郭晞手下的士兵十七人入城拿酒，又用刀刺伤了酿酒的技工，打坏了酿酒的器皿，酒流入沟中。太尉布置士兵逮捕了这十七人，把他们的头都砍下来挂在长矛上，竖立在城门外。郭晞全营士兵大肆喧哗，全部披上铠甲。白孝德大为震惊恐慌，召见太尉说："你打算怎么办？"太尉回答说："不要紧，请让我到军营中去劝说。"白孝德派了几十个人跟随太尉，太尉把他们全部辞退了。解下佩刀，挑了一个年老而跛脚的牵马，来到郭晞军门下。营内全副武装的士兵冲了出来，太尉笑着走了

139

进去,说:"杀一个老兵,何必全副武装?我顶着我的脑袋来了。"全副武装的士兵惊愕了。太尉于是开导他们说:"郭尚书难道亏待你们了吗?副元帅难道亏待你们了吗?为什么要以变乱来败坏郭家的名声?替我禀告郭尚书,请他出来听我解释。"

郭晞出来见太尉,太尉说:"副元帅功勋充满天地之间,应当力求全始全终。现在您放纵士兵干凶暴不法之事,凶暴将导致变乱。在天子身边制造变乱,要归罪于谁?罪将连累到副元帅。现在邠地邪恶之人用财物行贿,把自己的名字混进军籍中,杀害人,像这样不加以制止,还能有几天不会引起大乱?大乱从您军中产生,人们都会说您倚仗副元帅,不管束士兵,这样一来,那么郭家的功名还能保存多少呢?"话没说完,郭晞一再拜谢说:"有幸蒙您用大道理来教导我,恩惠很大,我愿意带领全军听从您的命令。"回头呵斥手下的士兵说:"都解下铠甲解散回到队伍中去,胆敢再喧哗的处死!"太尉说:"我还没吃晚餐,请代为备办些粗劣的食物。"已经吃完了,说:"我的老病又犯了,想请您留我在军门下住一晚。"叫赶马的回去,明天再来。于是就睡在军营中。郭晞不脱衣,告诫负责警卫的卫兵打更以保护太尉。第二天一大早,同至白孝德住所,道歉说自己无能,请允许改正错误。从这以后邠州没有发生祸乱。

在此以前,太尉在泾州,担任营田官。泾州大将焦令谌夺取民田,占为己有,多达几十顷,租给农夫耕种,说:"谷子将成熟时,一半归我。"这一年大旱,田野草都不长。农民将旱情告诉焦令谌。焦令谌却说:"我只知道收入谷子的数目罢了,不知道旱灾。"催逼得更厉害。农民都将要饿死了,无法偿还,就告到太尉那里。

太尉写了判决书,语言很是谦和,派人劝告焦令谌,替农夫求情。焦令谌大怒,将农夫叫了去说:"我难道怕段某吗?为什么竟敢议论我!"拿判决书铺在农夫背上,用大杖打了他二十杖,农夫快死了,将他抬至太尉衙门的庭院。太尉大哭，说："是我害苦了你。"立即亲自取水洗去农夫身上的污血，撕破自己的衣裳，包扎农夫的伤口，亲手敷上良药，早晚亲自先给农夫喂食物，然后自己才吃。将自己的坐骑卖掉，买谷子代农夫偿还地租，不让那农夫知道。

临时驻扎在泾州的淮西军统帅尹少荣，是个刚强正直之士。来到焦令谌的住处，见到焦令谌大骂说："你真的算得上是人吗？泾州田野如同赤土，人都快饿死了，而你却一定要得到租谷，又用大杖打无罪的人。段公是仁慈而有信义道德的人，而你却不知道敬重。现在段公仅有的一匹马，低价卖了买谷子送进你家，你又不知羞耻地收下了。总之你的为人，是不顾天灾、冒犯长者、打击无罪者之辈，还取仁义之人的谷子，使段公进出无马骑，你将凭什么面对天地，还不愧对奴隶吗？"焦令谌虽然凶暴傲慢，然而，听了尹少荣的话却也深感惭愧，汗流浃背，吃不下东西，说："我终究不能再见段公了！"一天傍晚，恼恨而死。

到太尉自泾原节度使被征召为司农卿之时，告诫他的家属说："经过岐州时，朱泚可能赠送财物，切不要接受。"待到过岐州之时，朱泚坚决要赠送大绫三百匹。太尉女婿韦晤坚决拒绝，得不到同意。到了京都，太尉大发脾气说："你们果真没有听我的话？"韦晤谢罪说："居于卑下的地位，没有办法拒绝。"太尉说："但是终究不能将这些东西放在我们家里。"就把这三百匹大绫送到司农卿官府治事大堂，安放在梁木上面。朱泚谋反以后，太尉被杀，官吏将"栖木梁上"之事告诉了朱泚，朱泚叫人将大绫取下来一看，只见原来封条上的标记都还保存着。

以上就是太尉的逸事。

元和九年的一天，永州司马员外置同正员柳宗元恭恭敬敬地将此文呈上史馆。现今称赞太尉大节的不外乎是认为武夫一时奋不顾身，没考虑到死，以此来扬名天下，不了解太尉的为人并不是这样。我曾往来于岐、周、郐、鬴之间，经过真定，北上马岭，经历亭岗堡垒哨所等，私下里喜欢询问年老的军校和退役的士卒，他们都能说一些当时的事情。太尉为人和颜悦色，经常低头拱手走路，说话的口气谦恭温和，未曾以不好的脸色待人；人们见到他，倒像个读书人。遇到不能赞同之事，一定要实现自己的主张，决不是偶尔这样做。适逢永州刺史崔公来，说话信实，行事正直，详备地获得了太尉的遗事，再次核对没有什么疑问。有的事实恐怕还有散失遗漏，未集中到史官手里，斗胆将这篇行状私下送交给您。郑重地写下这篇逸事状。

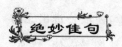

绝妙佳句

副元师勋塞天地，当务始终。

文学常识丛书